江西诗派经典选本丛书

江西诗派
选集

邱少华

选注

江西教育出版社
JIANGXI EDUCATION PUBLISHING HOUSE
·南昌·

赣版权登字-02-2024-089

图书在版编目（CIP）数据

江西诗派选集 / 邱少华选注. -- 南昌 : 江西教育
出版社, 2024.3
（江西诗派经典选本丛书）
ISBN 978-7-5705-4086-0

Ⅰ.①江… Ⅱ.①邱… Ⅲ.①古典诗歌—诗集—中国
Ⅳ.①I222

中国国家版本馆CIP数据核字（2024）第046967号

江西诗派选集
JIANGXI SHIPAI XUANJI

邱少华 选注

江西教育出版社出版
（南昌市学府大道299号 邮编：330038）

各地新华书店经销
江西赣版印务有限公司印刷
880毫米×1230毫米 32开 8.25印张 170千字
2024年3月第1版 2024年3月第1次印刷

ISBN 978-7-5705-4086-0
定价：**70.00**元

前　言

一

北宋后期的诗坛上，出现了一个在文学史上占有重要地位的流派，这就是江西诗派。产生这个诗派的原因，可以从政治社会、文化思想和诗歌自身发展的规律等方面去考察。简括地说，北宋中叶，国家的积贫积弱，引起有志之士的强烈的改革愿望，于是有了王安石的新政。自熙丰变法到元祐更化，严肃的政见分歧，演变为毫无原则的党派之争，形成激烈的倾轧，一大批文学家受此牵连，一再被流谪，有的死于贬所，不得生还，这种迫害一直持续到北宋亡国。这是政治极为黑暗的时代。作家们或者自己受了许多磨难，或者亲见了师友同道如何吃尽苦头，只得尽可能回避政治和社会现实，尽可能把眼光和情感收缩到个人生活的圈子里。由于统治者的大力提倡，宋代重儒重文；随着印刷事业的飞跃发展，士大夫们读书十分方便了，文史知识丰富了，文化素养和精神气质与前人已大不相同；再加上禅宗的广泛流布与渗透，追求心性与意象的兴趣也变得浓厚了。在古文运动取得决定性胜利的基础上不断演进的宋诗，发展到北宋后期这个特定的环境中，就自觉不自觉地淡化政治社会内容（乃至自然物象），进一步深化得天独厚、前人所不及的人文意象和理性意趣，并且更加着重形式美和写作技巧的探索与实践；面对唐诗这座难以逾越的高峰，力求另辟蹊径，继续前进。

二

上面已经提到，宋诗的发展和古文运动有着十分密切的关系。稍具体些说，北宋古文运动是以韩愈为旗帜的，而韩愈的诗风上承杜甫、下启宋人，成为推动宋诗新变的一个重要因素。从欧阳修到苏、黄，变唐音为宋调的趋势，有一个较长的过程（杜甫诗歌艺术对宋人的影响还有一条渠道，是从李商隐到西昆派到江西派，情况比较复杂，不详论）；其中最为执着，锲而不舍，尽心力而为之的，就是黄庭坚（请参阅本书附录《论黄庭坚与江西诗派》）。他的创造性的探索取得了很大成绩，在文坛上产生了很大的影响，虽然也伴随着明显的失误；他完成了诗歌创作的一种崭新的风格，尽管并非所有的新都意味着好。许多人仰慕他，推戴他，学习他，他也善为人师，乐于指点后学。风气所及，很快就形成了一个被称为"江西诗派"的作家群。

比黄庭坚小39岁的吕本中，在年轻时曾"戏作"《江西诗社宗派图》（下文简称《宗派图》）。原书已失传，最早记录这件事的，是胡仔的《苕溪渔隐丛话》：

> 吕居仁（本中）近时以诗得名，自言传衣江西，尝作《宗派图》，自豫章（黄庭坚）以降，列陈师道、潘大临、谢逸、洪刍、饶节、僧祖可、徐俯、洪朋、林敏修、洪炎、汪革、李锌、韩驹、李彭、晁冲之、江端本、杨符、谢薖、夏倪（原作"夏傀"）、林敏功、潘大观、何觊、王直方、僧善权、高荷，合二十五人，以为法嗣，谓其源流皆出豫章也。（《苕溪渔隐丛话》前集卷四十八）

这个名单与以后其他记录稍有出入。吕本中的《宗派图序》经胡仔的撮要，也不甚详明；但有一点是肯定的，即这个诗人群体"其源流皆出豫章"，也就是说，不同程度地受到过黄庭坚的传授和影响。杨万里《江西宗派诗序》分析说："江西宗派诗者，诗，江西也；人，非皆江西也。人非皆江西而诗曰江西者何？系之也。系之者何？以味不以形也。"（《诚斋集》卷七十九）所谓"味"，指风味；所谓"形"，指形貌。"以味不以形"的标准虽很简括，应用起来却有困难，因为江西诗既然讲究声律技巧，离开形貌来辨析风味，就不易确切分明。到宋末元初，方回进一步提出"诗之正派"和"一祖三宗"："予平生持所见，以老杜为祖，老杜同时诸人皆可伯仲。宋以后，山谷一也，后山二也，简斋为三，吕居仁为四，曾茶山为五。其他与茶山伯仲亦有之，此诗之正派也。"（《瀛奎律髓汇评》卷十六）"古今诗人当以老杜、山谷、后山、简斋四家为一祖三宗。"（同上卷二十六）他把江西派的渊源说得比较清楚："山谷法老杜，后山弃其旧而学焉，遂名黄、陈，号'江西派'，非自为一家也，老杜实初祖也。"（同上卷一）

在今天看来，关于江西诗派的实际情况，应该着重指出下列几点：

其一，《江西诗社宗派图》是吕本中的"少时"之作，囿于见闻和学识，语焉未详，取舍未精，因而招致许多讥评。如张泰来说："……后湖居士苏养直歌诗清腴，盖江西之派别；坡公谓秦少章句法本黄子；夏均父亦称张彦实诗出江西诸人，范元实曾从山谷学诗，……彼数子者，宗派既同，而不得与于后山之列，何也？"（《江西诗社宗派图录》）这说的是当入派而被吕本中遗漏者。钱大昕说："后山与黄同在苏门，诗格亦与涪翁不相似，乃抑之入江西派，诞甚矣！"（《十驾斋养新录》卷十六）这说的是不同派而强入之者。不过，《宗派图》虽为"戏作"，但不是妄作。它大体指出了这样一个事实：程度不同地受黄庭坚诗歌艺术影响的若干诗人，自然形成一个讲究技巧、追求句律的群体，由于领袖和许多成员是江西人，被称为"江西诗派"。他们过从甚密，唱酬甚多，一时颇具声势，成为北宋后期的诗坛主流。

其二，这个诗派的多数成员的创作活动在北宋。南渡之初，诗派也大体上解体了。方回所谓"正派""一祖三宗"说，立论是含混而矛盾的：一方面，他单从个别的师承关系或创作的某种相似出发，夸大而为一个派别的发展的线索；另一方面，既然曾幾推重黄庭坚，并向吕本中请教过诗法，就在江西"正派"中位居第五，为什么曾幾的学生、大诗人陆游又不列入这个"正派"呢？既然南宋的许多名家如陆游、杨万里、范成大、尤袤、萧德藻等不在"正派"之中，又怎么能认为这个诗派仍然具有很大的势力呢？

其三，由此而产生一个影响问题。笼统地说江西诗派的影响如何巨大，如何绵延了一百多年甚至二百年，是不很确切的，因为江西诗派的多数成员创作成就不是很高，其个人影响不是很大；作为一个诗派，则南渡之后至高宗绍兴（1131—1162）前期已不复存在。如果单就黄庭坚而言，情况则大不同，其影响之久远不是一二百年，而是六七百年犹有余响，"黄山谷诗，历宋、元、明褒讥不一，至国朝（清）王新城、姚惜抱又极力推重……今曾相国（国藩）学韩而嗜黄，风尚大变，大江南北，黄诗价重，部直千金"（施山《姜露庵杂记》卷六）。也许是出于这样的认识，文学史家在叙述南宋诗史的时候，就只谈若干诗人，如曾幾、陆游、杨万里等所受黄庭坚（或曰江西诗风）的影响，而不再把他们作为一个诗派来介绍了。

三

关于本书的选注工作，略加说明如下：

一、吕本中所作《江西诗社宗派图》是"少作",不十分精当,已如前文所述。后人对此颇有异议,何人不当入而已入,何人当入而未入,众说纷纭。目前,还不可能给江西诗派列出一个科学的、完整的、能得到普遍认可的名单。因此,本书选录范围,仍照《宗派图》;因为江西诗派毕竟是吕本中最早提出来的。这样,连吕本中本人和方回所谓"一祖三宗"的三宗之一陈与义,也未加考虑,不用说其他受到过江西诗风影响的或被后人评为江西派的作家了。

二、《宗派图》所列二十五人,其序次有很大的随意性,不是以成就和地位的高低分先后的,本书选录,除黄、陈外,略依时代重加序次,生卒年不可考者,根据交游亲友关系排比,求其近是。

三、江西派诗人的作品,并非千篇一律。黄庭坚本人的诗,当然最能代表江西派风格,但也不是全都生硬瘦劲、冷僻艰涩;江西诗派学黄,又何尝尺尺寸寸,亦步亦趋。本书选录的原则就是从实际出发,既注意体现流派特色,也注意多样化,尤其是力求不失漏佳作。

四、作品的注释和评说,注重通俗性和学术性相结合、简明和周到相结合、解释和评论相结合。这样做,希望能对一般读者和大学中文系师生都有些帮助。

五、在选注过程中参考了能够见到的古今研究成果。凡所引用,均注明出处,其中于傅璇琮先生《古典文学研究资料汇编·黄庭坚和江西诗派卷》、莫砺锋先生《江西诗派研究》两书，得益尤多，谨此志谢。

　　本书的选注工作虽然有较长时间的教学与科研的积累做基础，虽然是尽心尽力而为之，仍有颇不惬意之处，有些人名地名未能考实，少数词语未得确解；自以为是的注释和评论，或实为缪误。凡此种种，敬希读者和专家不吝赐教。

邱少华

1991 年 4 月于北京师范学院

目　录

黄庭坚

黄庭坚（1045—1105），字鲁直，号山谷道人，晚年又号涪翁，洪州分宁（今江西修水）人。出身于能诗之家，自幼警悟，七岁作《牧童诗》。治平四年（1067）中进士，历任叶县尉、北京国子监教授、知吉州太和县、《神宗实录》检讨官、集贤校理。虽未直接参加当时新旧党争，却受到党争牵累，在哲宗绍圣、徽宗崇宁年间，两次被贬。先谪黔州（今重庆彭水）、戎州（今四川宜宾），又编管宜州（今广西宜州）而卒。有《豫章黄先生文集》（《四部丛刊》本）。其诗有任渊注《山谷内集》二十卷、史容注《山谷外集》十七卷、史季温注《山谷别集》二卷（清光绪刻本）。存诗 1956 首[*]。

清江引

江鸥摇荡荻花秋，　八十渔翁百不忧。〔一〕
清晓采莲来荡桨，　夕阳收网更横舟。

---

　* 本书各家小传所载存诗若干首之统计数字不计断句，但包括集外诗。请参看莫砺锋《江西诗派研究》，齐鲁书社，1986 年版。

群儿学渔亦不恶，　老妻白头从此乐。

全家醉著篷底眠，　舟在寒沙夜潮落。

【注释】

〔一〕"江鸥"句：江鸥翔集，秋风摇荡着荻花。杜甫《九日曲江》："晚来高兴尽，摇荡菊花期。"荻，似芦苇，秋季开紫花。百不忧：无所忧虑。杜甫《徐卿二子歌》："吾知徐公百不忧，积善衮衮生公侯。"

【评说】

诗作于嘉祐六年（1061），原注云："时年十七。"据黄䔲《山谷先生年谱》，是岁黄庭坚从其舅父李常（公择）游学淮南。此诗所写，正是淮南水乡的渔家生活，白天采莲学渔，夜晚醉眠篷底，和乐而自在。作品当然还幼稚，但从遣词造句看，似乎能说明作者自小受家学熏陶（他的父亲黄庶是学杜的），已经读了不少杜诗。

徐孺子祠堂〔一〕

乔木幽人三亩宅，　生刍一束向谁论。〔二〕

藤萝得意干云日，　箫鼓何心进酒樽。〔三〕

白屋可能无孺子，　黄堂不是欠陈蕃。〔四〕

古人冷淡今人笑，　湖水年年到旧痕。〔五〕

【注释】

〔一〕徐孺子：徐稺，字孺子，东汉豫章（今江西南昌）人，不满朝政，拒绝仕宦，被称为"南州高士"。史容注引《寰宇记》，"洪州南昌县，徐孺子宅在州东北三里"。

〔二〕"乔木"句：在高大的树木荫蔽下，有一所高人隐士的小小住宅。宅，指徐孺子住宅，即祠堂所在地。"生刍"句：据《后汉书·徐稺传》，郭泰母亲去世，"稺往吊之，置生刍一束于庐前而去"。这是徐稺重情谊不重礼之厚薄的举动。生刍，新割的青草。《诗经·小雅·白驹》："生刍一束，其人如玉。"在本诗中，作者借此表示对徐稺的敬重。向谁论，与谁评量。论，读平声。

〔三〕"藤萝"二句：藤萝攀附乔木青云直上，很是得意；吹箫击鼓来祠堂祭奠先贤的人，不知心思如何？按，句意含有讥刺，但当是泛指。

〔四〕"白屋"二句：布衣寒士之家岂能没有徐孺子一样的贤人，太守衙门里也不是少了陈蕃那样知人的名宦。白屋，茅草屋，布衣寒士之家。可能，作岂能、难道解（见张相《诗词曲语辞汇释》卷一）。黄堂，古代太守的正堂。陈蕃，东汉名臣，为豫章太守时，特别礼遇徐稺。

〔五〕"古人"句：古人对于名利的冷淡态度，为今人所耻笑。"湖水"句：比喻古人古事当有定评，不会因时间的流驶而变化。湖，指东湖，在南昌城北。

【评说】

黄庭坚的《过平舆怀李子先时在并州》有云："世上岂无千里马，人中难得九方皋。"这一联名句给人以深刻的印象，从而影响了对《徐孺子祠堂》诗意的正确理解。宋人胡仔说："鲁直《过平舆怀李子先》诗'世上岂无千里马，人中难得九方皋'，《题徐孺子祠堂》

诗'白屋可能无孺子，黄堂不是欠陈蕃'，二诗命意绝相似，盖叹知音者难得耳。"（《苕溪渔隐丛话》后集卷三十二）古今论者，大抵承袭此说。其实，上引两联，命意大不相似。本诗所歌颂的是甘居白屋不慕名利的隐逸高士（即使有名宦引荐也淡于仕进），所讥刺的是附势夤缘、直干青云的"藤萝"和对先贤表示嘲笑的"今人"，而不涉及知音难得这一层意思。作如此解，诗意方能前后贯通而不致龃龉。全诗通体合律，对仗工整，用熟典，无拗句，中间两联句法略嫌呆滞，当是山谷早年作品。史容注本系于熙宁元年（1068，年二十四），似亦可信。

古诗二首上苏子瞻（选一）

> 江梅有佳实，　托根桃李场。〔一〕
> 桃李终不言，　朝露借恩光。
> 孤芳忌皎洁，　冰雪空自香。〔二〕
> 古来和鼎实，　此物升庙廊。〔三〕
> 岁月坐成晚，　烟雨青已黄。
> 得升桃李盘，　以远初见尝。〔四〕
> 终然不可口，　掷置官道傍。
> 但使本根在，　弃捐果何伤。

【注释】

〔一〕佳实：美好的果实，梅实，这是全诗咏歌的对象。"托根"句：和平常的桃李长在一起。托，寄。场，场圃，园地。在全诗中，桃李是梅的对照物。

〔二〕"孤芳"二句：大意是，梅的皎洁易遭人忌，梅的幽香不被人知。颜延年《祭屈原文》："物忌坚芳，人讳明洁。"

〔三〕"古来"二句：梅从来都是用来调和鼎鼐的，本应高处廊庙（朝廷）。《尚书·说命》："若作和羹，尔惟盐梅。"后以"调鼎""盐梅"来喻指宰相职务。

〔四〕"以远"句：苏轼是蜀人，所以说远。

【评说】

诗作于元丰元年（1078），黄庭坚在北京（今河北大名）任国子监教授，苏子瞻知徐州。通篇用比体，以梅喻苏轼，以桃李喻平俗。梅的冰雪之节虽受朝露恩光（皇恩），但不为人知。梅是调鼎之物，而且已经黄熟，却不能高升廊庙，而被弃置。诗的主旨是说苏轼本是宰相才，却出守州郡。最后两句是安慰的话。吴乔云："山谷古诗，若尽如《上子瞻》二篇，将以汉人待之。"（《围炉诗话》卷五）

和师厚接花〔一〕

妙手从心得，　接花如有神。

根株穰下土，　颜色洛阳春。〔二〕

雍也本犁子，　仲由元鄙人。〔三〕

升堂与入室，　只在一挥斤。〔四〕

【注释】

〔一〕师厚：谢景初，字师厚，杭州富阳（今属浙江）人，庆历进士，官至成都府路提刑。黄庭坚的岳父。接花：嫁接花木。

〔二〕穰下：指穰县（今河南邓州），宋为邓州州治，有名胜百花洲，北宋名臣寇准、范仲淹祠堂皆在此。谢景初居邓时，作者曾从之游，唱和颇多，又曾自言得句法于师厚。此句别本作"家风穰下土"，意更显豁。洛阳春：指洛阳牡丹。唐宋时洛阳牡丹最盛，名贵甲天下。

〔三〕"雍也"句：冉雍本来出身低贱。冉雍，字仲弓，孔子弟子；其父为"贱人"。孔子说："犁牛之子骍且角，虽欲勿用，山川其舍诸！"（《论语·雍也》）耕牛所产之子长着赤色的毛、端正的角，即使不想用它做贡献，难道山川之神会舍弃吗！意谓冉雍出身虽贱，德才可用。犁子，即犁牛（耕牛）之子。"仲由"句：仲由原来为人粗鄙。仲由，字子路，性鄙直，好勇力，孔子以礼诱导，终于归服儒门。元，同"原"。

〔四〕"升堂"句：《论语·先进》，"由（子路）也升堂矣，未入于室也"。升堂、入室，比喻学业修养的两个较高的阶段。挥斤，比喻出神入化的熟练技巧。《庄子·徐无鬼》记有一个寓言故事，说一个人的鼻端有一层白粉，请匠石给他砍去。匠石运斤（挥动斧头）成风，尽去白粉而鼻不伤。

【评说】

这首诗作于元丰元年（1078）。用的是比体，以嫁接花木喻培养人才，感谢前辈对作者自己的帮助。"雍也"二句说孔子把出身低微的冉雍和生性粗鄙的仲由培育为贤人，"升堂"二句说诱导后进的方法达到了出神入化的境地，都是对谢景初的称颂。诗里用了许多典故，尤其是冉雍、仲由二典，颇见生新，不满江西诗风的评论家很看不顺眼：清人贺裳讥为"大雅扫地"（《载酒园诗话》卷五）；黄爵滋说它"开穿凿一派"（《读山谷诗集》）；冯舒则直斥之为"恶极粗极"（《瀛奎律髓汇评》卷二十七）。黄诗用典造语的特点，往往是人弃我取，以俗为雅，其目的在于以生救熟。成败得失，亦由此而生。以本诗而言，说它粗恶实是苛评。

次韵寅庵四首〔一〕（选一）

兄作新庵接旧居，　一原风物萃庭隅。〔二〕

陆机招隐方传落，　张翰思归正在吴。〔三〕

五斗折腰惭仆妾，　几年合眼梦乡闾。〔四〕

白云行处应垂泪，　黄犬归时早寄书。〔五〕

【注释】

〔一〕寅庵：作者之兄大临，字元明。在家居之东结茅庵居，因号寅庵。

〔二〕原：原野。萃：荟萃，聚集。

〔三〕"陆机"句：西晋诗人陆机有《招隐诗》，其中有云"富贵苟难图，税驾从所欲"，意思是如果富贵难求，不如归隐。这里当指黄大临所寄之诗有招弟归隐意。落，当作"洛"，洛阳。这里指代作者所居之北京大名府（今河北大名）。"张翰"句：西晋人张翰，吴郡人，在洛阳为齐王东曹掾。因秋风起，想起家乡莼菜鲈鱼之美，即辞官归去。这里是说作者正有乡思。

〔四〕"五斗"句：据《宋书·陶潜传》，陶渊明为彭泽令，"郡遣督邮至县，吏白：'应束带见之。'潜叹曰：'我不能为五斗米折腰向乡里小人！'即日解印绶去职"。惭仆妾，愧对仆妾。

〔五〕"白云"句：唐狄仁杰为并州法曹，赴任时登太行山，远望白云孤飞，对左右说，"吾亲（父母）所居，在此云下"。见《旧唐书》本传。后以白云亲舍指思念父母。"黄犬"句：陆机有犬名黄耳，曾往返洛阳、吴郡之间，为陆机送家书，并带回回书，全句是说希望大临有书信来。

【评说】

组诗作于元丰元年（1078）。第一首遥想其兄大临新居落成后的安闲自在的生活情趣。此首则写自己由此而感发的思亲思归之强烈意向。陆机招隐，而张翰思吴，兄弟之间，也是心心相印。全篇句法平正，对仗工整，不使破律之句；使事虽多，但不生僻，不"鄙俗"；语意亦畅达而不晦涩。这一类的作品，无大得，亦无大失，评家往往不很措意。但诗中提到陆机和张翰，又提到陶渊明，隐约透露了诗人对政局的几分不满和对世态的一点兀傲之气。

汴岸置酒赠黄十七〔一〕

吾宗端居丛百忧，　长歌劝之肯出游。〔二〕
黄流不解浣明月，　碧树为我生凉秋。〔三〕

初平群羊置莫问，　叔度千顷醉即休。〔四〕

谁倚柁楼吹玉笛，　斗杓寒挂屋山头。〔五〕

【注释】

〔一〕汴岸：汴河之滨。黄十七：黄介，字幾复，行十七，作者的同乡和朋友。

〔二〕吾宗：我的同宗，这里指黄幾复。端居：平居、闲处。丛：聚集。

〔三〕黄流：黄浊的水流，这里指汴河水。解：张相《诗词曲语辞汇释》卷一，"解，犹会也；得也；能也"。涴（wò）：污染。

〔四〕"初平"句：据葛洪《神仙传》，皇初平十五岁时为家牧羊，有道士带他到金华山四十余年。其兄找到他，问羊群何在，初平大声斥石，石皆成羊，多至数万头。"叔度"句：黄宪，字叔度，东汉人，名重士林。郭泰对人说，"叔度汪汪若千顷陂，澄之不清，淆之不浊"（《后汉书·黄宪传》），极言其气度之阔大闳深。这里用"千顷"来指酒量。

〔五〕柁：船柁。斗杓（biāo）：北斗七星柄部的三颗星，又称斗柄。屋山：屋脊。

【评说】

诗作于元丰三年（1080）入京改官时。黄幾复平居无事，而百忧丛集。全篇立意即从为同宗好友解忧出发。河水黄浊，不必担心它会污染洁白的月亮；碧树生风，为我送来清秋的凉意。能成仙，就不必再问羊群何在；会喝酒，就无妨海量尽兴。总之，对待生活，要有一个豁达的态度，一个从另一面看的思想方法。结尾说，听到有人船上吹笛，才发觉参横斗转，夜已深沉。时间过得快，意味着心情舒畅。这是一首在写景抒情上带着浓郁主观色彩的作品。从格律上说，前六句全不合律，平仄或失对，或失黏，"生凉秋"作三平调，更是古体特色。《王直方诗话》记黄庭坚问洪朋："甥最爱老舅诗中何等篇？"洪朋举"蜂房各自开户牖，蚁穴或梦封侯王"及"黄流不解浣明月，碧树为我生凉秋"，以为绝类杜工部。黄庭坚说："得之矣！"可见构想之新和造句之生，是他在诗艺上所刻意追求的目标。

阻水泊舟竹山下〔一〕

竹山虫鸟朋友语，　讨论阴晴怕风雨。

丁宁相教防祸机，　草动尘惊忽飞去。〔二〕

提壶归去意甚真，　柳暗花浓亦半春。〔三〕

北风几日铜官县，　欲过五松无主人。〔四〕

【注释】

〔一〕竹山：疑是长江沿岸地名，当在今安徽铜陵与贵池之间。元丰三年（1080）秋，作者赴任江西太和县（今江西泰和），舟行过此。

〔二〕"丁宁"句：彼此再三嘱咐，慎防祸患来临的迹象。机，先兆。

〔三〕提壶：亦作"提葫芦"，鸟名。欧阳修《啼鸟》诗"独有花上提葫芦，劝我沽酒花前倾"，梅尧臣《禽言四首·提壶》诗"提壶卢，沽美酒"，都是音义双关（葫芦是盛酒之具）。

〔四〕铜官县：铜陵，今属安徽，在长江南岸。过：访问。五松：五松山在铜陵东南四里，风景优美，李白曾漫游、寓居于此。

【评说】

这首诗作于元丰三年（1080）。前四句写竹山的虫鸣鸟语，似朋友商量讨论，担心天气的风雨阴晴，彼此叮咛要预防祸机；果然，"草动尘惊"的小小变异，它们就飞走了。虫鸟的戒心是这样慎重，而作者的感受又何其敏锐：作者必定想到了震惊朝野的"乌台诗案"，想到了在此案中几乎丧命、刚刚被放逐到黄州的苏轼。诗中所写是有感而发之言。"提壶"二句暗含着归隐之心。"北风"二句，因舟经铜陵而追怀李白在这一带诗酒流连的生活。李白有《铜官山醉后绝句》："我爱铜官乐，千年未拟还。要须回舞袖，拂尽五松山。"又有《与南陵常赞府游五松山》诗，最后四句说："剪竹扫天花，且从傲吏（指庄子）游。龙堂若可憩，吾欲归精修。"山谷在仰慕前贤遗风之时，心情自然十分复杂。诗旨的明畅与表达的委婉两个方面，是高度统一的。

池口风雨留三日〔一〕

孤城三日风吹雨，　小市人家只菜蔬。〔二〕

水远山长双属玉，　身闲心苦一春锄。〔三〕

翁从旁舍来收网， 我适临渊不羡鱼。〔四〕

俯仰之间已陈迹， 莫窗归了读残书。〔五〕

【注释】

〔一〕池口：池口镇，在贵池（今属安徽）县城之西，长江南岸。

〔二〕"小市"句：由于连日风雨，市面有些冷落，居民只以菜蔬度日。宽泛地说，就是生活清淡。

〔三〕属（zhǔ）玉：水鸟名，似鸭而大，长颈赤目，紫绀色。春（chōng）锄：也写作"舂锄"，即白鹭。

〔四〕"我适"句：《汉书·董仲舒传》，"临渊羡鱼，不如退而结网"，本以喻只有愿望而无行动。这里反用其意，说虽然面对江流，而不羡鱼。

〔五〕"俯仰"句：王羲之《兰亭集序》，"向之所欣，俯仰之间已为陈迹"，俯仰，一俯一仰，形容极短暂的时间。莫窗：晚窗，"莫"同"暮"。

【评说】

诗作于元丰三年（1080）。开头两句，以清淡的笔墨描绘清淡的景象，为全篇写景抒情奠定了基调。第二联都写水鸟：在辽阔的山水间飞翔的是成双的属玉，而在水边艰难觅食、看似悠闲的是孤单的白鹭，两者在意蕴上形成强烈的对照。所谓"身闲心苦"，实际上是抒发自己违心地入仕求禄而不被理解的内心痛苦。第三联都写人：翁以捕鱼为业，自然要冒风犯雨来收网；我既不羡"鱼"，也就不须"结网"——已经把功名看得淡了。所以末联说，世事变迁不过顷刻之间，无须放在心上，何如读书自娱。方东树评云："此诗别有风味，一洗腥腴。"（《昭昧詹言》卷二十）洗去腥腴，留下的是清淡的风味。还可以说它一洗刻镂餖饤，留下了自然古雅的本色。

次元明韵寄子由〔一〕

半世交亲随逝水，　几人图画入凌烟。〔二〕
春风春雨花经眼，　江北江南水拍天。
欲解铜章行问道，　定知石友许忘年。〔三〕
脊令各有思归恨，　日月相催雪满颠。〔四〕

【注释】

〔一〕元明：黄大临，字元明，作者之兄。子由：苏辙，字子由，因苏轼"乌台诗案"被累，贬官筠州监盐酒税务。筠州与吉州太和县相去不远。

〔二〕图画：绘画。凌烟：凌烟阁，唐太宗贞观十七年（643）图画开国功臣二十四人于长安凌烟阁，以示褒崇。后以图画凌烟阁为建功树勋之象征。

〔三〕铜章：铜质印章，史容注引《汉官仪》，"县令秩五百石，铜章墨绶"。行：将要。问道：访求大道、请教，这里指要向子由问道。石友：金石交，情谊坚如金石的朋友，在这里即指子由。许：应允。忘年：不计年辈。按，作者比子由只小六岁，因与苏轼有师生之谊，故自认低了一辈，这是客气。

〔四〕脊令（jí líng）：也写作"鶺鸰"，鸟名。《诗经·小雅·常棣》有"脊令在原，兄弟急难"，后因以脊令喻兄弟。本诗诗题为

"次元明韵寄子由"，作者思元明，子由思子瞻，是两家兄弟"各有恨"。雪：喻白发。颠：顶，头顶。

【评说】

诗作于元丰四年（1081）。当时黄、苏两家都不得志，黄元明寄苏子由原诗说："钟鼎功名淹管库，朝廷翰墨写风烟。"对才华出众的子由被贬到筠州监盐酒税务（管库）表示惋惜同情。本诗首联就此发端，叹喟半生光阴已如逝水，除了兄弟、朋友之间的亲情友谊，功业亦成空想。第二联极写风雨催春繁花耀眼和江北江南水天相接，表达对优美辽阔的大自然的无限向往之情。赞美自然，暗含着对官场的厌倦。第三联紧承此意，说自己要解印去官，追随左右，子由一定会欣然允诺。末联照应首联"交亲""逝水"字面，以深重的感慨忧思作收。全诗最大的特色是结构精练严密，语意转折承接紧凑有力；"春风"二句融情入景，景阔情长而形象生动鲜明，又无着意刻画之迹。

再次韵寄子由

> 想见苏耽携手仙，青山桑柘冒寒烟。〔一〕
> 麒麟堕地思千里，虎豹憎人上九天。〔二〕
> 风雨极知鸡自晓，雪霜宁与菌争年。〔三〕
> 何时确论倾樽酒，医得儒生自圣颠。〔四〕

【注释】

〔一〕苏耽（dān）：仙人名。史容注引《神仙传》，"苏仙公，桂阳人，汉文帝时得道仙去"，并引"又一说"证明仙公即苏耽。这里指苏辙。携手：温庭筠诗"何事苏门生，携手东南峰"，其义未详，陈永正《江西派诗选注》注为"与我携手相好"，录以备考。"青山"句：写子由在筠州的清苦生活，连柴禾也是湿的，烧起来直冒烟。

〔二〕"麒麟"句：麒麟一生下来，就盼望驰骋千里，比喻才俊之士有远大理想。麒麟，良马名，在这个意义上也写作"骐驎"，《商君书·画策》，"骐驎騄駬，日走千里"。"虎豹"句：《楚辞·招魂》，"魂兮归来，君无上天些。虎豹九关，啄害下人些"，王逸注云，"言天门凡有九重，使神虎豹执其关闭，主啄啮天下欲上之人而杀之也"。这里天门九关暗喻朝廷，虎豹喻把持政柄、阻扼贤路之人。

〔三〕"风雨"句：《诗经·郑风·风雨》，"风雨凄凄，鸡鸣喈喈""风雨如晦，鸡鸣不已"，毛传，"风且雨凄凄然，鸡犹守时而鸣喈喈然"。全句的喻意，也就是《诗序》所说的"君子不改其度"，能坚持操守。"雪霜"句：《庄子·逍遥游》，"朝菌不知晦朔，蟪蛄不知春秋"，因以朝菌、蟪蛄喻短寿而小智者。雪霜，指冒雪冲霜的长青松柏（杜牧《题魏文贞》"蟪蛄宁与雪霜期"）。全句喻贤士不必与小人争一日之短长。

〔四〕确论：精确的评论，这里有"认真研究"的意思。自圣颠：以圣贤自居的狂妄自大症。颠，癫狂病。

【评说】

方东树论黄诗，一则说："以事实典重饰其用意，加以造创奇警，语不惊人死不休，此山谷独有。"（《昭昧詹言》卷十一）再则说："入思深，造句奇崛，笔势健，足以药熟滑，山谷之长也。"（同上卷十二）山谷的这一类作品为数不少。本篇中间两联即以命意惊创的典故，雄伟瑰奇的造句，来抒发胸中郁郁不平之气和激愤之情，连尾联的幽默也包含着睥睨世俗的兀傲不羁。不靠破律之句，不靠生僻之字，同样能避免圆熟，创造新奇的境界。吴汝纶评此四句说："中四句妙绝天下，黄诗所以不朽，全赖此等。"（引自高步瀛《唐宋诗举要》卷六）又评《次韵王定国扬州见寄》之"未生白发犹堪酒，垂上青云却佐州。飞雪堆盘脍鱼腹，明珠论斗煮鸡头"，以为"苏奇处在才气，黄奇处在工力。如'未生白发''麒麟堕地'等联，皆痛撰出奇，前无古人，自辟一家蹊径"（同上）。都是有识之论。

赣上食莲有感〔一〕

莲实大如指，　分甘念母慈。〔二〕

共房头㔩㔩，　更深兄弟思。〔三〕

实中有么荷，　拳如小儿手。〔四〕

令我念众雏，　迎门索梨枣。〔五〕

莲心正自苦，　食苦何能甘。

甘餐恐腊毒，　素食则怀惭。〔六〕

莲生淤泥中，　不与泥同调。

食莲谁不甘，　知味良独少。

吾家双井塘，　十里秋风香。〔七〕

安得同袍子，　归制芙蓉裳。〔八〕

【注释】

〔一〕赣上：指虔州，今江西赣州。

〔二〕"分甘"句：思念母亲分莲子给儿辈的慈爱。分甘，见《后汉书·杨震列传》注，原意是说母亲自处劳苦，绝少与儿女分甘。

〔三〕"共房"句：莲子共处莲蓬（房）中，莲子头聚在一起。觙（jī）觙，通作"濈濈"，聚集的样子，《诗经·小雅·无羊》，"尔羊来思，其角濈濈"。

〔四〕么荷：指稍稍弯曲的莲心。拳：用作动词，拳曲。

〔五〕众雏：孩子们。雏，小鸟。

〔六〕"甘餐"二句：大意是，享受美味怕害了自己，尸位素餐也心中有愧。腊（xī），极，很，《国语·周语》，"厚味实腊毒"。素食，不劳而食，《诗经·伐檀》有"彼君子兮，不素食兮"。

〔七〕双井塘：作者家在洪州分宁（今江西修水）双井。塘，当指池塘说。

〔八〕"安得"二句：大意是，怎样才能与家乡人生活在一起，洁身修己呢？同袍，战友，朋友。《诗经·无衣》，"岂曰无衣，与子同袍"，这里泛指兄弟亲友。芙蓉裳，见《离骚》"集芙蓉以为裳"，喻修养高洁的品节。芙蓉，荷花。

【评说】

诗约作于元丰四年至六年（1081—1083），作者任吉州太和县（今江西泰和）知县，吉州与赣州为邻。食莲有感，一是由莲蓬、莲子、莲心的形象，想到母亲的慈爱，兄弟的和睦，儿辈的依恋，正如曾季貍所说："读之知其孝弟人也。"（《艇斋诗话》）二是由食莲的甘苦，联想到仕宦的不易，进而忆及家乡莲塘风光，欲与乡亲优游其间，洁身自好，透露了归隐之心。比兴杂陈，想象丰富。发端与转折、收束，亦极自然流畅，有风人之致。

秋思寄子由〔一〕

黄落山川知晚秋，　小虫催女献功裘。〔二〕

老松阅世卧云壑，　挽著沧江无万牛。〔三〕

【注释】

〔一〕子由：苏辙，字子由，元丰二年（1079）贬官监筠州盐酒税。筠州（今江西高安）与吉州相去不远。

〔二〕黄落：草木枯黄凋落。"小虫"句：大意是，秋天蟋蟀鸣叫，像在催促女红，赶制寒衣。小虫，指蟋蟀。功裘，语出《周礼》"季秋献功裘"，功指人功，裘指冬衣。

〔三〕沧江：这里泛指江河。沧，水色青苍。

【评说】

作于元丰间知吉州太和县任上。前二句写深秋气象：落叶满山川，蟋蟀催女红，在萧瑟的视觉印象和听觉感受中，透露出一种岁云暮矣的落寞心情。后二句说，老松深藏云壑，阅世已多，要把它挽出山林挽向江流为世所用，只怕没有万牛之力。诗意出于杜甫《古柏行》："大厦如倾要梁栋，万牛回首丘山重。"蔡正孙引熊勿轩云："此诗言世道将变，人才老死山林，无人推挽出而用世也。"（《诗林广记》后集卷五）点出了主题。这里的老松指子由，亦兼自喻。

观王主簿家酴醾〔一〕

肌肤冰雪薰沉水，　　百草千花莫比芳。〔二〕

露湿何郎试汤饼，　　日烘荀令炷炉香。〔三〕

风流彻骨成春酒，　　梦寐宜人入枕囊。〔四〕

输与能诗王主簿，　　瑶台影里据胡床。〔五〕

【注释】

〔一〕王主簿：名字未详。主簿，官名。酴醾（tú mí）：花名，也写作"荼蘼"，一名木香，落叶灌木，初夏开白花，供观赏。

〔二〕"肌肤"句：写酴醾的色、香。《庄子·逍遥游》："藐姑射之山，有神人居焉。肌肤若冰雪，绰约若处子。"沉水，香名，即沉香。

〔三〕"露湿"句：酴醾花为露所沾湿，美似何晏。何晏字平叔，美姿仪，面色白皙，魏文帝（曹丕）疑其傅粉，在盛夏时与之热汤饼（热面条），何晏吃得满面流汗，用朱衣揩拭，更显其白。"日烘"句：酴醾花芬芳袭人，有如荀令之香。荀彧字文若，曹操谋士，官至尚书令，因称荀令君，平时喜用香薰衣。史容注引《襄阳记》，"荀令君至人家，坐席三日香"。

〔四〕春酒：酴醾本是酒名，酴醾花因颜色似之，故名。此句则因花及酒，说酴醾酒能使人身心舒畅清爽。枕囊：枕头。史容注引《世说》，说有以荼蘼花作枕囊者。《山谷内集》有《见诸人唱和酴醾诗辄次韵戏咏》，"名字因壶酒，风流付枕帏"。枕帏，即枕囊。

〔五〕输：送，献。胡床：亦称"交椅""绳床"，一种可以折叠的坐具。

【评说】

这是一首咏物诗。第一句写酴醾的色、香。全篇即由此生发，直说到喝酴醾酒令人身心清爽，枕酴醾枕可以做好梦，都很切题。惠洪评云："前辈作花诗，多用美女比其状……（此诗）乃用美丈夫比之，特若出类。"（《冷斋夜话》卷四）王楙认为："山谷此联盖出于李商隐之意（按，李商隐《酬崔八早梅有赠兼示之作》有'谢郎衣袖初翻雪，荀令薰炉更换香'），而翻案尤工耳。"（《野客丛书》卷二十）王若虚不同意以美男子比花，他说："花比妇人，尚矣，盖其于类为宜，不独在颜色之间。山谷易以男子，有以见其好异之僻……不求当而求新，吾恐他日复有以白皙武夫比之者矣。此花无乃太粗鄙乎？"（《滹南诗话》卷下）方回又高度称扬："此等诗格律绝高，万钧九鼎，不可移也。"纪昀则驳方回说，认为"诗殊浅近，评太过"。（《瀛奎律髓汇评》卷二十七）贺裳之论，又另有新见："……余以所言未尽。上言其白，下言其香耳。……余又思此二语虽佳，尚不及东坡《红梅》诗'寒心未易随春态，酒晕无端上玉肌'，尤无痕迹。"（《载酒园诗话》卷一）意思是说，黄诗并未以美丈夫比花，只是刻画稍过，不如苏诗之自然。古人评诗，其审美角度与取向之不同乃至如此。今一并录存，以供借镜。

送王郎[一]

酌君以蒲城桑落之酒，　泛君以湘累秋菊之英。[二]
赠君以黔川点漆之墨，　送君以阳关堕泪之声。[三]
酒浇胸次之磊隗，　菊制短世之颓龄。[四]

墨以传万古文章之印， 歌以写一家兄弟之情。〔五〕

江山千里俱头白， 骨肉十年终眼青。〔六〕

连床夜语鸡戒晓， 书囊无底谈未了。〔七〕

有功翰墨乃如此， 何恨远别音书少。

炒沙作糜终不饱， 镂冰文章费工巧。〔八〕

要须心地收汗马， 孔孟行世日杲杲。〔九〕

有弟有弟力持家， 妇能养姑供珍鲑。〔一〇〕

儿大诗书女丝麻， 公但读书煮春茶。〔一一〕

【注释】

〔一〕王郎：指王纯亮。纯亮字世弼，作者之妹婿。

〔二〕蒲城：县名，今属陕西。桑落：酒名，以桑落之时酿得为醇美，故有此称。泛：泛觞，水边饮酒，这里只取劝饮之义，转为劝食。湘累：指屈原。死非其罪曰累，屈原自沉汨罗（湘水支流）殉国，故称湘累。又，屈原《离骚》"夕餐秋菊之落英"，餐菊喻修养志行之高洁。

〔三〕黟（yī）川：指黟县，今属安徽。点漆之墨：极言墨之精好，一点如漆。"送君"句：一曲离歌，洒泪相别，点出送行。阳关，王维《送元二使安西》被谱为《阳关三叠》流传，又称《渭城曲》。

〔四〕磊隗：同"磊魁（kuǐ）"，山石垒积的样子，比喻胸中不平之气。"菊制"句：意谓服食菊花可缓解衰老。短世，人生苦短。制，节制，控制。陶渊明《九日闲居》，"菊解制颓龄"。

〔五〕印：印痕。墨用以书写，留下文章印迹。

〔六〕眼青：相友善。晋代阮籍能为青白眼，所嫌者以白眼对之，所喜者以青眼对之。

〔七〕"连床"二句：两人连床对语，因为学问多，直到天明犹高谈未尽。

〔八〕"炒沙"二句：炒沙做糜（粥），不能当饭，因为它毕竟是沙（语出《楞严经》）；刻冰为文，枉费工夫，因为终不能持久（语出《盐铁论》）。

〔九〕"要须"二句：大意是，只有收敛心神，实实在在地在内质上进行修养，才能体会到孔孟之道明亮如太阳、百世流播，真正有用。杲（gǎo）杲，形容太阳的明亮。

〔一〇〕珍鲑（xié）：美味。鲑，鱼类菜肴的总称。

〔一一〕丝麻：用作动词，缫丝绩麻，犹言"从事纺织"。

【评说】

诗作于元丰七年（1084），作者在监德州德平镇任上。首段紧扣题目"送"字，写王郎的品质才华，以及作者与他的深厚情谊。这种句法，似由鲍照《拟行路难》十八首之一创始，直至晁补之《行路难和鲜于大夫子骏》，代有模仿，本诗已稍洗华彩。"江山"二句，用韵联系上段，用意贯串下文，体现期望之殷切：一是说王郎学问丰赡，有功翰墨，劝他多从根本上做功夫，不要恃才逞志；二是说王郎善于持家，有妇孝养婆母，儿女各有所学，自己只管品茗读书，力求进步。全诗意思正大而语言亲切委婉。

次韵王荆公题西太一宫壁二首〔一〕

风急啼乌未了，　雨来战蚁方酣。〔二〕
真是真非安在，　人间北看成南。

晚风池莲香度，　晓日宫槐影西。〔三〕
白下长干梦到，　青门紫曲尘迷。〔四〕

【注释】

〔一〕王荆公：王安石，字介甫，抚州临川（今江西抚州）人。神宗熙宁年间任宰相，主持新政，封荆国公。罢职后隐居钟山（在今南京）。西太一宫：在汴京（今开封），仁宗天圣年间建。太一，也作"泰一"，神名。《史记·封禅书》，"天神贵者太一"。

〔二〕"雨来"句：任渊注引《易林》，"蚁封穴户，大雨将至"，又引钱昭度诗"白蚁战酣山雨来"。

〔三〕影西：阴影向西。晓日东升，树影在西。

〔四〕白下：白下城故址在今南京市金川门外，唐初移金陵县治于此，改名白下县，后人因称南京为白下。长干：古建康城（今南京）里巷。大长干巷在中华门外，小长干巷在凤凰台南。青门紫曲：指京城。青门，长安城东出南头第一门曰霸城门，又称青城门（见《三辅黄图》）。紫曲，义同"紫陌"，帝都的道路。唐贾至《早朝大明宫》，"银烛朝天紫陌长"。按，宋人常以长安指代汴京（开封）。

【评说】

诗作于元祐元年（1086）秋，王安石罢相至此已十年，数月前去世。从这两首六言次韵诗中可以看出，后来被视为旧党而备受迫害的黄庭坚，对新党领袖王安石不仅同情，而且颇怀敬意。第一首以急风骤雨之际的乌啼蚁战来比喻熙（宁）、（元）丰变法中新旧党争的激烈情景；并且认为，变法与反变法的是非，由于立场、角度不同，一时难以分辨。在宋神宗与王安石先后去世，旧党执政、新法被废之时，这样说是需要一点独立不倚的精神的。第二首先写太一宫景色，晚风中的莲香和晓日下的槐影，给人的感受是清幽宁静；由此而联想到王荆公当初是如何厌烦了汴京的嚣闹纷扰而思念金陵的山水，终于归去。

【附录】

王安石原作：杨柳鸣蜩绿暗，荷花落日红酣。三十六陂春水，白头想见江南。（其一）二十年前此地，父兄持我东西。今日重来白首，欲寻旧迹都迷。（其二）

和答钱穆父咏猩猩毛笔〔一〕

爱酒醉魂在，　能言机事疏。〔二〕

平生几两屐，　身后五车书。〔三〕

物色看王会，　勋劳在石渠。〔四〕

拔毛能济世，　端为谢杨朱。〔五〕

【注释】

〔一〕钱穆父：钱勰，字穆父，临安（今浙江杭州）人。官至尚书、翰林学士。猩猩毛笔：用猩猩毛制成的笔。钱勰曾奉使高丽，带回猩猩毛笔，并以赠人。

〔二〕"爱酒"句：任渊注引《通典》等书云，猩猩喜饮酒，又喜着屐（木底有齿的鞋），山乡人以酒、屐诱捕之，猩猩明知是陷阱，但经不住诱惑，终于入彀。"能言"句：意谓猩猩虽然能言，毕竟疏于机巧之事，被人所获。作者在《戏咏猩猩毛笔》之一中则说，"政以多知巧言语，失身来作管城公"，意思说得更透彻。按，猩猩能言，见《礼记》，当是传说。

〔三〕"平生"句：指猩猩喜着屐而言。《晋书·阮孚传》，"未知一生当着几两屐"。两，双。"身后"句：指猩猩毛笔可以书写。《庄子·天下》，"惠施多方，其书五车"。

〔四〕"物色"二句：大意是说，猩猩毛笔来自外国，而为中华的文化事业服务。物色，访求。王会，《汲冢周书》有《王会篇》。任渊注引郑玄说，"王城既成，大会诸侯及四夷也"。石渠，石渠阁，汉代皇家藏书之所。

〔五〕"拔毛"二句：真应该告诉杨朱，拔毛（像猩猩毛之制成毛笔）是能够有助于社会的。端，实，真。谢，告。杨朱，战国时思想家，主张"贵生""重己"。《孟子·尽心上》："杨子取为我，拔一毛而利天下，不为也。"

【评说】

诗作于元祐元年（1086）。这是一首咏物诗，咏猩猩毛笔，由猩猩入手，"平生"句总结猩猩，"身后"句转到毛笔，尾联又呼应开篇，说猩猩"拔"毛为笔，有功社会。八句诗用了至少六个典故（首联二句可以只算一个），几乎都与毛笔无关；但一经组织，无不熨帖，似乎都为毛笔预设。喜用僻典，是黄诗特点，且对江西派影响深远。这首诗作为"山谷体"的标本之一，后人评价颇有分歧。今择要附录如下：

王若虚曰：按《庄子》"惠施多方，其书五车"，非所读之书，即所著之书也。遂借为作笔写字。此以自赞耳，而吕居仁称其善咏物而"曲当其理"（按，吕本中之论见《童蒙训》），不亦异乎？只"平生几两屐"，细味之亦疏，而拔毛济世事尤牵强可笑。以予观之，此乃俗子谜也，何足为诗哉！（《滹南诗话》卷下）

方回曰：此诗所以妙者，"平生""身后""几两屐""五车书"，自是四个出处，于猩猩毛笔何干涉？乃善能融化斡排至此。（《瀛奎律髓汇评》卷二十七）

冯舒曰：……且题是"笔"，起二句如何只说猩猩？……况既以为笔，则凡书皆可写，又何止"五车"耶？此等俱是逗漏之极，必以为佳，我所不解。（同上）

纪昀曰：先从"猩猩"引入，然后转入"笔"字，题径甚窄，不得不如此展步。又曰：点化甚妙，笔有化工，可为咏物用事之法。（同上）

张载华曰：王渔洋先生《分甘余话》论此诗三、四句云，"超脱而精切，一字不可移易"。（同上）

贺裳曰：……虽全篇佻谑，使事处犹觉天趣洋溢。（《载酒园诗话》卷五）

吴乔曰：山谷《猩猩毛笔》云，……工炼得唐人法。（《围炉诗话》卷五）

今按：以上诸评，当以王士禛（渔洋）"超脱而精切"一语为中肯。被视为"西昆体"之反动的"江西派"，实际上与"西昆体"（由此而上推为李商隐）存在着某种继承关系，善于使事用典与善于组织锻炼即其显证。故吴乔认为本诗"工炼得唐人法"。本诗用典命意，精切不让西昆，其超脱则过之。用典过多，如果再加上过僻，自然难解（今人或以为即使读者不知道典实的来源，仍然可以理解诗歌的意思，此诗似不如此）。王若虚斥之为"俗子谜"，也不全是偏见。

送谢公定作竟陵主簿〔一〕

谢公文章如虎豹，　　至今斑斑在儿孙。〔二〕

竟陵主簿极多闻，　　万事不理专讨论。〔三〕

涧松无心古须鬣，　　天球不琢中粹温。〔四〕

落笔尘沙百马奔，　　剧谈风霆九河翻。〔五〕

胸中恢疏无怨恩，　　当官持廉且不烦。〔六〕

吏民欺公亦可忍，　　慎勿惊鱼使水浑。〔七〕

汉滨耆旧今谁存，　　驷马高盖徒纷纷。〔八〕

安知四海习凿齿，　　拄笏看度南山云。〔九〕

【注释】

〔一〕谢公定：谢悰，字公定，杭州富阳（今属浙江）人。竟陵：宋代县名（又作景陵），今湖北天门。主簿：官名，负责文书事务。

〔二〕"谢公"二句：谢公的文章，如虎豹（皮）那样斑斓夺目，而且遗留给了儿孙。谢公，这里指谢绛，字希深。其子景初，字师厚。

父子均有文名。谢悰（公定）即其孙。按，谢景初是黄庭坚岳父。

〔三〕"万事"句：意谓谢悰专心致志于学问之事。万事不理，语出《后汉书·胡广传》。论，读平声。

〔四〕"涧松"二句：上句说外部仪容，下句说内在气质。须鬣（liè），指松针。天球，玉名。《尚书·周书·顾命》孔颖达疏引郑玄曰，"天球，雍州所贡之玉，色如天者"。粹温，纯粹而温润。

〔五〕剧谈：畅谈。九河：黄河下流至入海处的众多支派。这里用作比喻。

〔六〕恢疏：（胸怀）阔大而宽容。

〔七〕"慎勿"句：不要惊动游鱼，以免把水搅浑了。《淮南子·说林训》，"使叶落者风摇之，使水浊者鱼挠之"。

〔八〕汉滨：汉水之滨。这里指襄阳一带。耆（qí）旧：年高有德望者。驷马高盖：指代地位显贵者。驷马，一车套四马。盖，伞盖。徒纷纷：徒然纷纷扰扰，意谓今之显贵，已不如往昔贤士。

〔九〕"安知"二句：设想谢悰在竟陵主簿任上的生活情形。习凿齿，字彦威，晋代襄阳（今湖北襄阳）人，博学多闻，工于文笔，著有《汉晋春秋》《襄阳耆旧记》等。著名僧人道安与习凿齿初相见，道安说"弥天释道安"，凿齿回答"四海习凿齿"。弥天、四海，都是自夸名气很大的俳调之语。笏（hù），古代大臣上朝所执之手板。按，习凿齿也做过主簿（地位比谢悰的县主簿要高得多），所以这里用以比拟。

【评说】

诗作于元祐元年（1086）。开头八句，从谢悰能继承祖、父文名入题，通过正面的叙述和描写，来赞颂谢悰的品格，"竟陵"二句说他专心向学；"涧松"二句说他朴质无心（无机巧之心）如涧松，自然温润如玉璞；"落笔"二句说他写作与言谈如百马奔放，九河滔滔。写得很有气势，比喻新鲜（如以簇簇松针喻人之古道直心）而生动。自"胸中"以下八句，将赞誉、勉励与期待紧密结合，通过想象，把希望谢惊能超脱凡庸（拄笏看云，与陶渊明的采菊见山异曲同工）这一层意思作为已然的实情来写。翁方纲赞其"真羚羊挂角之秘妙矣"（《七言诗歌行钞》卷十），或即指此而言。

送顾子敦赴河东三首〔一〕（选一）

揽辔都城风露秋，　行台无妾护衣篝。〔二〕
虎头墨妙能频寄，　马乳葡萄不待求。〔三〕
上党地寒应强饮，　两河民病要分忧。〔四〕
犹闻昔在军兴日，　一马人间费十牛。〔五〕

【注释】

〔一〕顾子敦：顾临，字子敦，会稽（今浙江绍兴）人。元祐元年（1086）七月，以直龙图阁为河东转运使。河东：宋河东路，约当今山西全部及陕西一小部。转运使为经管一路财赋之官，兼有监察州郡、了解民情等职责。

〔二〕"行台"句：意谓顾子敦为官清简，离京赴任无妾仆随行。行台，大臣出巡所停驻之处。衣篝，熏衣用的竹笼。

〔三〕"虎头"二句：你的精妙作品应能经常寄回；名贵的葡萄就不须远求了。虎头，顾恺之，字长康，小字虎头（一说曾为虎头将军），东晋著名画家，亦擅诗赋和书法，这里借指顾子敦。

〔四〕上党：古郡名，北宋为隆德府，治所上党县（今山西长治）。强（qiǎng）饮：（为了御寒）勉力多饮一杯。两河：河东与河北。河东见注释〔一〕。河北，宋河北东、西两路，东路治大名府，西路治真定府（今河北正定），辖境大略相当今河北易水、雄县、霸州市和天津市海河以南，及山东河南两省黄河以北的大部。

〔五〕"犹闻"二句：任渊注，"元丰四年，陕西用兵，河东困于征调；故十耕牛之费，仅给一战马"。犹闻，是追忆之辞。人间，民间。

【评说】

诗作于元祐元年（1086）秋。首联写行色；次联抒友情；三联写希望，注意个人健康和关切人间疾苦，都说到了；四联着重劝戒朋友爱惜民力，不妄征调。全诗意思正大而亲切，言语明晰而流畅。山谷诗中此类作品并不罕见，如脍炙人口的名篇《登快阁》（本书未录）即取爽健明畅一路，与奇崛瘦硬的诗风异趣。

戏呈孔毅父〔一〕

管城子无食肉相，　　孔方兄有绝交书。〔二〕

文章功用不经世，　　何异丝窠缀露珠。〔三〕

校书著作频诏除，　　犹能上车问何如。〔四〕

忽忆僧床同野饭，　　梦随秋雁到东湖。〔五〕

【注释】

〔一〕孔毅父：孔平仲，字毅父，临江新淦（今江西新干）人，曾官集贤校理、知州、提刑等。工文词，有《朝散集》。

〔二〕"管城"二句：意谓读书人难得富贵。管城子，指毛笔，语出韩愈《毛颖传》，"秦皇帝使（蒙）恬赐之（按，指毛颖）汤沐，而封诸管城，号曰管城子"。按，《毛颖传》用拟人写法，毛颖指笔，其杆为竹管，故拟一爵号为"管城子"。食肉相，封侯的贵相，语出《后汉书·班超传》。孔方兄，指钱，因其外圆而孔为方形，语出鲁褒《钱神论》，"亲爱如兄，字曰孔方"。绝交书，魏晋之际嵇康有《与山巨源绝交书》，这是只取金钱与人绝交之意，来说贫困。

〔三〕丝窠：蜘蛛网。"何异"句以比喻补足上句文章无用之意。

〔四〕"校书"二句：意谓自己虽然接连被任为校书、著作之职，也只是学会上车、问好，备员充数而已。作者《次韵子瞻赠王定国》诗有句云，"鄙夫无它能，上车问寒温"，任渊注引《通典》："秘书郎自齐梁之末，多以贵游子弟为之，无其才实。当时谚曰'上车不落则著作，体中何如即秘书'。"按，作者于元丰八年（1085）四月为校书郎，元祐二年（1087）正月为著作佐郎，官品虽低，却是馆阁清职，读书人引以为荣的，这里是自嘲无所作为。诏除，以朝廷诏令授官。

〔五〕东湖：豫章（洪州，今江西南昌）有东湖。

【评说】

诗作于元祐二年（1087）。山谷与孔毅父本为同乡，今又同事，这首赠诗就因两人关系较亲密，而含有自嘲嘲人之意。先写读书人难得封侯致贵，且又清贫，文章无用，在官无功，因而很自然地想起了过去和你同游僧寺，共赏野蕨的乐趣，连做梦也似乎追随南归的秋雁回到了故乡。作者对职务并不是确有牢愁，说退隐也不是十分认真，大体是"戏"谑之辞，聊以活跃业余生活罢了。在技巧上，一是有意为拗体。此诗如以七律平仄衡量，只有最后两句合格，余者或失对，或失黏；而论其单句，则"孔方兄有绝交书""何异丝窠缀露珠"又是地道的律句。拗体自杜甫已有意为之，至黄庭坚则往往全力以赴地锻炼，欲以拗折生硬救圆熟平易。二是造句的变化。七律句式以四—三为常规节奏；"管城子—无食肉相，孔方兄—有绝交书"，则是三—四句式。这也是唐已有之的，到黄山谷就变得更为精巧了。三是大量次韵，而且是次己作之韵。这是宋代诗人，尤其江西派诗人的一种风习，用以显示诗歌技巧的纯熟。如山谷用"书、珠、如、湖"为韵，接连写了七首诗作，本篇即其中之一。《双井茶送子瞻》亦是名篇。今录如下："人间风日不到处，天上玉堂森宝书。想见东坡旧居士，挥毫百斛泻明珠。我家江南摘云腴，落磑霏霏雪不如。为君唤起黄州梦，独载扁舟向五湖。"今按，此诗与《戏呈孔毅父》，方东树《昭昧詹言》均入卷十二"七古"。

以团茶洮州绿石研赠无咎文潜〔一〕

晁子智囊可以括四海，张子笔端可以回万牛。〔二〕
自我得二士，意气倾九州。
道山延阁委竹帛，清都太微望冕旒。〔三〕
贝宫胎寒弄明月，天网下罩一日收。〔四〕
此地要须无不有，紫皇访问富春秋。〔五〕

晁无咎，

赠君越侯所贡苍玉璧，可烹玉尘试春色。〔六〕

浇君胸中过秦论，斟酌古今来活国。〔七〕

张文潜，

赠君洮州绿石含风漪，能淬笔锋利如锥。〔八〕

请书元祐开皇极，第入思齐访落诗。〔九〕

【注释】

〔一〕团茶：以圆模压制而成的茶块。洮州绿石研（砚）：洮州（治所在今甘肃临潭）所产之砚，极为贵重。无咎：晁补之，字无咎，济州巨野（今属山东）人。文潜：张耒，字文潜，楚州淮阴（今属江苏）人。按，黄庭坚、张耒、晁补之、秦观，称"苏门四学士"。

〔二〕回万牛：挽回万牛，极言力量之大。

〔三〕道山延阁：图书（或人文）荟萃之处，这里实指馆阁。道山，汉代学者称赞东观为"道家蓬莱山"，见《后汉书·窦融列传》。延阁，汉代宫廷藏书处（按，此时黄为集贤校理，晁补之为秘书省正字，张耒试太学正，均在汴京）。委：堆积。竹帛：图书。清都、太微：指皇帝宫廷。清都，传说天帝之所居。见《列子·周穆王》篇，"王实以为清都、紫微……帝之所居"。太微，见《史记·天官书》，"太微，三光之廷……其内五星，五帝坐"。冕旒：指代皇帝，王维《和贾舍人早朝大明宫之作》有"万国衣冠拜冕旒"。

〔四〕"贝宫"二句：上句以珍珠的养育比喻文士精英的修业。贝宫，指水府，在这里比喻学海、馆阁。蚌孕珠，如人怀胎，故称蚌胎（贝胎）。又传说蚌孕珠与月的圆缺有关，如左思《吴都赋》

"蚌蛤珠胎，与月亏全"，高适《和贺兰判官望北海作》"月圆知蚌胎"，"弄明月"就此而言。下句说朝廷一举网罗了天下才俊精英。

〔五〕紫皇：皇帝，这里指宋哲宗赵煦，年才十余岁，故下云富春秋。访问：访求咨询。

〔六〕越侯：这里指建州（治所在建安，今福建建瓯）的长官。建茶是名茶。苍玉璧：比喻团茶的形色之美。玉尘：这里指茶末，团茶烹煮时要碾成末。

〔七〕过秦论：西汉政论家贾谊的名作，这里借指晁补之的文章。古今：古今治乱得失。活国：使国家富强。

〔八〕含风漪（yī）：形容洮砚的质地温润和纹理细致。漪，涟漪，细的水纹。淬（cuì）：淬火，把烧红的铁质工具或器具（如刀剑）浸入水中，使之坚刚。

〔九〕"请书"二句：请你写下元祐以来朝政走上正轨的盛事，像《诗经》歌颂太姒和成王那样歌颂当今太皇太后和皇帝。按，元丰八年（1085），宋神宗死，哲宗十岁即位，太皇太后高氏执政。明年改元"元祐"，尽废王安石新法，史称"元祐更化"。皇极，朝廷施政的准则（正道）。第，次序，依次编排。思齐，《诗经·大雅》有《思齐》篇，其中赞美了文王之妻太姒，这里即以太姒比高氏。访落，《诗经·周颂》有《访落》篇，是写周成王的，这里即以成王比哲宗。

【评说】

作于元祐二年（1087）。开头赞美晁补之和张耒的智慧才力，引以为荣；然后写馆阁藏书丰富，靠近宫廷，是养育和吸收人才的好地方，年轻皇帝的咨访之处；结尾回照诗题，点出赠团茶赠洮砚的祝愿。最后两句，说明作者反对新法，支持"元祐更化"的政治立场，不是单纯的歌功颂德。全诗笔墨酣畅，音节浏亮，意思正大庄重。大概由于这些特色，黄爵滋赞之为"此诗得李之神，得杜之骨"（《读山谷诗集》）。还有，以茶来"浇"文章，以砚来"淬"笔锋，可见炼字以惊创为奇，把人所共知的茶、砚的功用，说得令人一读难忘。

次韵子瞻题郭熙画秋山〔一〕

黄州逐客未赐环，　江南江北饱看山。

玉堂卧对郭熙画，　发兴已在青林间。〔二〕

郭熙官画但荒远，　短纸曲折开秋晚。〔三〕

江村烟外雨脚明，　归雁行边余叠巘。〔四〕

坐思黄柑洞庭霜，　恨身不如雁随阳。〔五〕

熙今头白有眼力，　尚能弄笔映窗光。

画取江南好风日，　慰此将老镜中发。

但熙肯画宽作程，　十日五日一水石。〔六〕

【注释】

〔一〕郭熙：字淳夫，河阳温县（今属河南）人，北宋画家，工于山水寒林，熙宁间为御书院艺学，供奉朝廷，故诗中称"官画"。苏轼诗原题作《郭熙画秋山平远》。

〔二〕"黄州"四句：意谓苏轼贬居黄州时，曾饱览长江南北（黄州在江北，对岸是鄂州之武昌）诸山之胜；现在回到翰林，卧赏郭熙之画，山林逸兴又油然而生。赐环，逐臣遇赦召还。《荀子·大略》，"绝人以玦，反绝以环"，环是玉器，与"还"谐音。玉堂，翰林院，时苏轼任翰林学士。

〔三〕开秋晚：展开秋晚景致。

〔四〕"江村"二句：描写郭画的内容。近景有江村，迷濛水雾之外雨脚渐收，色调明朗，可以见到远处的南飞雁阵，最远处是层叠的山峦。

〔五〕"坐思"二句：因郭画、苏诗的引发，想到洞庭东西两山（在太湖）美味的柑橘已经霜黄熟，恨自己不能如大雁一样追随阳气南飞。

〔六〕"但熙"二句：只要郭熙肯画，程限可以放宽，十天五天画出一幅即可。杜甫《戏题王宰画山水图歌》："十日画一水，五日画一石。能事不受相促迫，王宰始肯留真迹。"黄诗造句命意本此。

【评说】

诗作于元祐二年（1087）。全诗将苏诗郭画的内容意趣与自己的思想感情打成一片。开头四句写苏轼赏画心态，是作者体味得来；"郭熙"四句写郭画特色，也融入了作者感情，不是单纯复述；"坐思"二句挽入自己，是结上启下的关键。紧承归雁，向往洞庭霜橘而不可得；借势转向后幅，希望郭熙趁眼力尚好，多多作画，自己将以画中的江南风日为晚景之娱慰，从而也点出了本诗的宗旨。方东树称此诗"曲折驰骤，有江海之观、神龙万里之势"（《昭昧詹言》卷十二），似为过誉。但它组织工整（全诗十六句，四句一韵，平仄轮替），苏诗、郭画、己心，各占地位，转折有法，感情饱满，语言酣畅，确是经意之作。

题郑防画夹五首〔一〕（选二）

惠崇烟雨归雁，　坐我潇湘洞庭。〔二〕
欲唤扁舟归去，　故人言是丹青。

折苇枯荷共晚，　红榴苦竹同时。〔三〕
睡鸭不知飘雪，　寒雀四顾风枝。

【注释】

〔一〕郑防：未详何人。画夹：画册。

〔二〕惠崇：建阳（今属福建）人，宋初"九僧"之一，诗人，画家，工画水禽与水乡景色。坐：致（见张相《诗词曲语辞汇释》卷四）。《汉书·公孙弘传》颜注，"致，谓引而至也"。

〔三〕苦竹：竹的一种，竿短节长，其笋味苦。白居易《琵琶行》，"住近湓江地低湿，黄芦苦竹绕宅生"，用以形容环境之荒瘠。上句之"苇"，亦往往黄芦白苇并称。

【评说】

组诗共五首，这里选其一和其四两首。其一以飞动的想象和夸张的语言，极写惠崇所画是如何逼真，使得作者恍惚亲历其境，"欲唤扁舟归去，故人言是丹青"，这才又从画境回到现实中来。王若虚嫌其夸张太过，他说："诗人之语，诡谲寄意，固无不可，然至于太过，亦其病也。"（《滹南诗话》卷下）其实，诡谲出奇，正是黄诗的一个重要特色；就诗论诗，本篇亦不能视为过分。作者另一首题画诗《题伯时〔画〕顿尘马》："竹头枪地风不举，文书堆案睡自语。

忽看高马顿风尘，亦思归家洗袍袴。"是说高头大马四蹄顿地扬起的灰尘，落到自己的袍袴上了（因此想到要"洗"），把画中马当成了真马。两诗构思相同。组诗其四写深秋景物。景物是画家画的，但经过诗人的理解与组合，意思更为深邃。前二句说，荷花与红榴，曾经是美丽的、高雅的、富丽的，现在和黄芦苦竹都只剩下残枝枯梗，同在深秋的晚风中瑟缩。这是一组对照。后二句说，在严寒到来之际，鸭则酣然不觉，雀则四顾惊心，对环境之反应竟如此不同。这又是一组对照。

观伯时画马礼部试院作[一]

仪鸾供帐饕虮行，　翰林湿薪爆竹声，　风帘官烛泪纵横。[二]
木穿石槃未渠透，　坐窗不遨令人瘦，　贫马百嚼逢一豆。[三]
眼明见此玉花骢，　径思着鞭随诗翁，　城西野桃寻小红。[四]

【注释】

〔一〕伯时：李公麟，字伯时，号龙眠居士，庐州舒城（今属安徽）人，北宋著名画家。礼部试院：礼部考试进士之处。按，元祐三年（1088），苏轼以翰林学士知贡举，黄庭坚（参详官）、李公麟（点检试卷）等均其属官，多公余唱和之作。

〔二〕"仪鸾"三句：任渊注"上三句言供拟（指陈设帷帐等用具）之寒陋也。供帐弊坏，卒徒以为卧具，故有贪饕之虮行于其间"。仪鸾，指仪鸾司，掌奉供帐之事。

〔三〕"木穿"三句：任渊注"言镮宿（试士时考官锁门宿于试

院内，不得外出）甚久，出院未有期，郁郁自苦，如贫马之得瘦"。木穿石槃，典出陶弘景《真诰》，大意说，有位傅先生，年轻时好道，太极老君给了他一个木钻，要他钻透一个石槃，他就昼夜穿钻，历四十七年成功，"遂得神丹，乃升太清"。薋（xián），牛马食余的草茎。豆，精饲料。

〔四〕玉花骢：唐玄宗所畜名马中有玉花骢，曾命韩幹作图。李公麟亦画马高手。诗翁：指苏轼。

【评说】

这首诗以作者特有的幽默感来写试院环境的恶劣和生活的单调清苦，极尽形容夸饰，全为下文蓄势。在郁郁自苦、百般难耐之际，见到伯时画的骏马，眼睛顿时亮了，精神顿时好了，乃至禁不住要扬鞭催马，跟着苏诗翁到城郊去寻春赏花了。诗的主题，正在赞美画家的艺术技巧。胡仔说此诗之格："《禁脔》谓之促句换韵，其法三句一换韵，三叠而止。此格甚新，人少用之。"（《苕溪渔隐丛话》前集卷四十八）

听宋宗儒摘阮歌〔一〕

翰林尚书宋公子，　文采风流今尚尔。〔二〕
自疑耆域是前身，　囊中探丸起人死。〔三〕
貌如千岁枯松枝，　落魄酒中无定止。〔四〕
得钱百万送酒家，　一笑不问今余几。
手挥琵琶送飞鸿，　促弦聒醉惊客起。〔五〕

寒虫催织月笼秋，　独雁叫群天拍水。

楚国羁臣放十年，　汉宫佳人嫁千里。〔六〕

深闺洞房语恩怨，　紫燕黄鹂韵桃李。

楚狂行歌惊市人，　渔父挐舟在葭苇。〔七〕

问君枯木著朱绳，　何能道人意中事。〔八〕

君言此物传数姓，　玄璧庚庚有横理。〔九〕

闭门三月传国工，　身今亲见阮仲容。〔一〇〕

我有江南一丘壑，　安得与君醉其中，　曲肱听君写松风。〔一一〕

【注释】

〔一〕宋宗儒：见下注。摘（tì）阮：弹奏阮咸。阮咸，乐器名，相传为晋代阮咸（字仲容，竹林七贤之一）所制（见任渊注引《唐书·元行冲传》），故名。

〔二〕"翰林"句：任渊注"翰林尚书，当是宋景文公"。按，宋景文公，指宋祁（998—1061），字子京，幼居安陆（今属湖北），官至工部尚书，翰林学士，谥景文。依任注，宋宗儒（宋公子）是宋祁子孙，不过，注文用"当是"，未十分肯定。今尚尔：至今犹然如此。

〔三〕耆（qí）域：任注引《高僧传》，"耆域，天竺人，周流华竺，靡有常所"，曾治好瘫痪病人。

〔四〕"落魄"句：沉湎于酒中，行踪飘忽无定。

〔五〕"手挥"句：嵇康《兄秀才公穆入军赠诗十九首》之十五，"目送归鸿，手挥五弦"。聒（guō）醉：侵扰醉意。聒，声音吵闹。

〔六〕楚国羁臣：指屈原，因忧心国事，批评朝政而遭流放。羁，在外作客。汉宫佳人：指王昭君（明妃），姊归（今作秭归，属湖北）人，西汉元帝时宫人，公元前33年，远嫁匈奴呼韩邪单于。

〔七〕楚狂：楚国狂人接舆。《论语·微子》，"楚狂接舆歌而过孔子"，孔子欲与之言，他趋而避之。"渔父"句：事见《庄子·渔父》。渔父讲了一番崇尚自然，批评入世思想的道理，说孔子闻道太晚，然后"刺船而去"，沿着芦苇丛中的水道隐去了。孔子对这位高士表示十分仰慕，"待水波定，不闻桨音"，才敢上车。桨（ráo）舟，以橹摇船。桨，通"桡"，船橹，一说船篙。葭苇：芦苇。

〔八〕"问君"二句：请问，阮咸不过一段枯木系着红绳子罢了，怎能"说"出人的内心呢？

〔九〕玄璧：黑色的玉璧。阮咸的下部为正圆形，故以璧为喻。庚庚：《说文》释"庚"字"象秋时万物庚庚有实也"，段注，"庚庚，成实貌"。在本诗中，庚庚是形容阮咸的质感的，与"玄璧"相联系。解为"横貌"，与下"有横理"相联者误。

〔一〇〕闭门三月：指专心苦练。国工：国中高手。

〔一一〕曲肱（gōng）：弯曲胳臂当枕头。《论语·述而》："饭疏食饮水，曲肱而枕之，乐亦在其中矣。不义而富且贵，于我如浮云。"写：描绘，摹写。

【评说】

此诗先写宋宗儒的身世和异行，借以突出他个性的特立不羁。写人为写乐铺垫。"手挥"以下十句即集中笔墨写宋宗儒摘阮的艺术技巧是何等高妙动人：如促织的秋虫，如失群的大雁，如行吟泽畔的屈原，如远嫁沙漠的明妃，乐声或凄切，或悠长，或激越，或哀婉；如深闺中儿女多情，如春风桃李间燕莺的鸣啭，或缠绵，或欢快；又如楚狂走过街市，渔父隐于葭苇，或狂放，或幽渺。用语言文字来刻画音乐，最根本的手段是比喻。作者吸取了韩愈《听颖师弹琴》、白居易《琵琶行》、李贺《李凭箜篌引》的成功经验，使得本诗亦为名篇。清人王辰评此作："通篇绝肖长吉（李贺）。"（《诗录》）更准确些说，本诗比喻之巧，造句之新（如"寒虫催织月笼秋，独雁叫群天拍水"），更接近于李贺；叙事之有首尾，近于《琵琶行》；至于末尾融入自己作收，则韩、白、黄均能贴近实际，自然生发，同臻亲切深厚之妙。

老杜浣花溪图引〔一〕

拾遗流落锦官城，　故人作尹眼为青。〔二〕
碧鸡坊西结茅屋，　百花潭水濯冠缨。〔三〕
故衣未补新衣绽，　空蟠胸中书万卷。〔四〕
探道欲度羲黄前，　论诗未觉国风远。〔五〕
干戈峥嵘暗宇县，　杜陵韦曲无鸡犬。
老妻稚子具眼前，　弟妹飘零不相见。〔六〕
此公乐易真可人，　园翁溪友肯卜邻。
邻家有酒邀皆去，　得意鱼鸟来相亲。〔七〕
浣花酒船散车骑，　野墙无主看桃李。
宗文守家宗武扶，　落日寒驴驮醉起。〔八〕
愿闻解鞍脱兜鍪，　老儒不用千户侯。

中原未得平安报，　醉里眉攒万国愁。〔九〕

生绡铺墙粉墨落，　平生忠义今寂寞。〔一〇〕

儿呼不苏驴失脚，　犹恐醒来有新作。〔一一〕

常使诗人拜画图，　煎胶续弦千古无。〔一二〕

【注释】

〔一〕老杜：杜甫。浣花溪：在成都市西郊，为锦江支流，杜甫于公元760年流寓成都，建草堂于此。图：绘画。引：本为乐曲体裁，乐府诗及后世诗人仿作者亦有以"引"缀题者，如《乐府诗集》有《思归引》《筝篌引》等，杜诗有《丹青引》等。

〔二〕拾遗：官名，掌规谏皇帝之职。唐肃宗至德二载（757），杜甫自长安奔凤翔，被任为左拾遗。锦官城：在成都城西南，本为主管织锦之官所居，后以此泛指成都。"故人"句：指杜甫在成都得到老朋友的亲切关怀。肃宗上元二年（761），严武以成都尹兼御史大夫镇蜀，给杜甫很多照顾。故人，指严武，他和杜甫是世交，又曾同朝为官。尹，府的长官。青，晋代阮籍能为青白眼，以白眼对所憎之人，以青眼对所喜之人。

〔三〕碧鸡坊：坊名，在成都西。杜甫《西郊》："时出碧鸡坊，西郊向草堂。"百花潭：实即浣花溪之一段，今百花潭公园在杜甫草堂之东。濯冠缨：比喻高洁脱俗。缨，系冠的带子。《孟子·离娄》："沧浪之水清兮，可以濯我缨。"杜甫《狂夫》："万里桥西一草堂，百花潭水即沧浪。"

〔四〕故衣：旧衣。绽：开，裂缝。"空蟠"句：徒然满腹诗书。蟠，充满。杜甫《奉赠韦左丞丈二十二韵》："读书破万卷，下笔如有神。"

〔五〕"探道"二句：探求大道，一直追索到远古；讨论诗学，不认为《国风》是远不可及的。两句赞成杜甫对传统的重视。度，度越。羲黄，伏羲和黄帝，别本作"羲皇"，则指"羲皇上人"（太古之人）。

〔六〕"干戈"四句：大意说，由于安史之乱，烽烟盖地遮天，长安一带已少人烟；杜甫的妻、子虽在身边，弟、妹却已流落失散。峥嵘，这里形容（战争）局势严峻非凡。宇县，天下。杜陵韦曲，长安地名。杜陵在今西安市东南，杜甫曾居于此，因自号杜陵布衣；韦曲在其西。杜甫《江村》："老妻画纸为棋局，稚子敲针作钓钩。"又《遣兴》："干戈犹未定，弟妹各何之。"

〔七〕"此公"四句：大意说，杜甫平易可亲，与草堂附近的邻居和自然关系亲密融洽。此公，指杜甫。乐易，和乐平易。园翁溪友，种菜打鱼的人。卜邻，择邻，选择好邻居。

〔八〕"浣花"四句：着意刻画杜甫赏花醉酒、潇洒狂傲的一面。散车骑，指来访的客人散去。杜甫《宾至》诗"岂有文章惊海内，漫劳车马驻江干"，对贵客的来访似有几分不耐烦。又，《绝句漫兴九首》之二"手种桃李非无主，野老墙低还是家"、《江畔独步寻花七绝句》之五"桃花一簇开无主"，都是写赏花。宗文宗武，杜甫的长子和次子。蹇（jiǎn）驴，脚力弱的驴子。

〔九〕"愿闻"四句：大意说，杜甫只希望战乱早日弭平，自己并不想建功封侯；但没有得到中原平定的消息，醉酒亦不能解愁。兜鍪（móu），头盔。老儒，指杜甫，杜甫《忆昔二首》之二"愿见北地傅介子，老儒不用尚书郎"。攒（cuán），聚，集。

〔一〇〕生绡：没有漂煮过的丝织品，用以作画，这里指代《浣花溪图》。粉墨落：画面已经褪色。粉墨，绘画用的颜色。

〔一一〕"儿呼"句：参看"宗文"二句。苏，醒。

〔一二〕煎胶续弦：传说以凤喙和麟角合煮成胶，可以粘合折断的弓弦或刀剑。这里用以比喻继承杜甫传统。

【评说】

元祐三年（1088）作。诗从杜甫流寓成都、结茅为屋叙起，全面地描绘这位大诗人的草堂时期的生活：物质生活的匮乏和精神境界的高远，战乱给他带来的影响，与农夫为邻、与鱼鸟相亲的情趣，既可人意又兀傲不羁的性格气质，以及忠君爱国和忧时伤乱的品格情怀，都写到了。黄爵滋说："老杜一生心事，写到十足，洵是知己，他人无此实落。"（《读山谷诗集》）之所以能做到这一点，是因为山谷采取以杜写杜——用杜甫自己的诗句或诗意来写杜甫的生活和思想的方法，读来格外生动亲切，具有生活的真实感。山谷熟悉杜诗，或用其句或取其意，都能得心应手。全篇三十句，前二十八句为七小节，大体上意随韵换，前后相续。后两句为全诗作结，突出了杜甫的地位与作者对他的尊崇。

六月十七日昼寝

红尘席帽乌靴里， 想见沧洲白鸟双。〔一〕
马龁枯萁喧午枕， 梦成风雨浪翻江。〔二〕

【注释】

〔一〕"红尘"句：戴着席帽，穿着乌靴，奔走在红尘里。红尘，指世俗间，与下"沧洲"相对。席帽，以藤席为骨架编成的帽。沧州：滨水的地方，用以指隐士所居。

〔二〕龁（hé）：咬。萁（qí）：豆茎。喧（xuān）：声大而嘈杂。

【评说】

这首诗的主题是写归隐江湖的意愿。"马龁"二句，说马嚼枯萁之声在梦中化为风雨波涛的巨响，极为夸张；既有生理和心理的根据，又巧妙地利用了艺术创造过程中的幻觉和想象。叶梦得说："余始……不解'风雨翻江'之意。一日憩于逆旅，闻傍舍有澎湃鞺鞳之声，如风浪之历船者，起视之，乃马食于槽，水与草龃龉于槽间而为此声，方悟鲁直之好奇。然此亦非可以意索，适相遇而得之也。"（《石林诗话》卷上）钱锺书先生认为此论："未得此诗作意。……（任渊注）'以言江湖之念深，兼想与因，遂成此梦'云云，真能抉作者之心矣。夫此诗关键，全在第二句；'想见'二字，遥射'梦成'二字。'沧州'二字，与'江浪'亦正映带。第一句昼寝苦暑，第二句苦暑思凉，第三句思凉闻响，第四句合凑成梦；意根缘此闻尘，遂幻结梦境，天社所谓'兼想与因'也。"（《谈艺录》第七七）

次韵奉答文少激纪赠二首〔一〕（选一）

文章藻鉴随时去，　人物权衡逐势低。〔二〕

扬子墨池春草遍，　武侯祠庙晓莺啼。〔三〕

书帷寂寞知音少，　幕府留连要路迷。〔四〕

顾我何人敢推挽，　看君桃李合成蹊。〔五〕

【注释】

〔一〕文少激：文抗，字少激，临邛（今四川邛崃）人，曾为戎州幕僚。

〔二〕"文章"二句：对于文章与人物评价因时而异，逐势而低，而不是公正客观的。藻鉴，评量和鉴别人才、文章。

〔三〕"扬子"二句：任渊注"山谷意谓东坡窜谪，岷峨凄怆，无复振起前人气象也"。扬子，扬雄，汉代著名文学家，成都人，墨池为其遗迹。武侯，诸葛亮，蜀汉丞相，谥武侯，成都有武侯祠。杜甫《蜀相》："映阶碧草自春色，隔叶黄鹂空好音。"

〔四〕幕府：原指将帅的府署，也借指地方军政长官的府署。文抗是戎州幕僚。留连：这里是迟滞不能升迁的意思。要路：显要的地位。

〔五〕推挽：推荐引进。"看君"句：《汉书·李广苏建传》引谚语曰"桃李不言，下自成蹊"，比喻有了功业文章，自然会有名望。

【评说】

诗作于元符三年（1100）。任渊说："（文）少激登元祐三年（1088）进士第。时东坡知（贡）举，山谷为其属。故于此诗寄一叹之意。"诗的第一联即含蓄地表示了对"时势"的嗟叹。第二联紧承此意，以扬子墨池和武侯祠庙的荒凉冷落比喻苏轼（四川人）等人连遭贬谪后的文坛寂寞。第三、四联挽合文抗赠诗之意，叹惜他没有知音而沉沦下僚的不得志，但自己已是逐臣，无力荐引，希望对方努力修养，后必有成。全篇起讫自然，结构工整，音节流畅，无拗句，无僻典，无"惊创"，既没有招来非议，也没有给人留下太深刻的印象。这样的诗篇在山谷集中并不罕见；如果都是同一类型的作品，黄庭坚也就不会成为在诗史上影响如此巨大的诗人了。

戏题巫山县用杜子美韵〔一〕

巴俗深留客， 吴侬但忆归。〔二〕
直知难共语， 不是故相违。〔三〕
东县闻铜臭， 江陵换夹衣。〔四〕
丁宁巫峡雨， 慎莫暗朝晖。〔五〕

【注释】

〔一〕巫山县：今属重庆。用杜子美韵：杜甫有《巫山县汾州唐使君十八弟宴别兼诸公携酒乐相送率题小诗留于屋壁》诗，作于大历三年（768）正月将出川时，本篇即和其韵。

〔二〕吴侬：吴俗自称我侬，这里是作者自指。

〔三〕难共语：盖以语音之异与风俗之殊，不易思想感情之深入交流；其中并无鄙薄之心，视"巴俗深留客"句可知。任渊注"难共语，谓夷俗之陋"，似不确。

〔四〕东县：巴东县，今属湖北，巫峡即在巫山与巴东之间。铜臭（xiù）：铜钱的气味，任渊注"盖过巫山用铜钱也"。按，蜀人用铁钱，过巫山始用铜钱。"江陵"句：意谓至江陵时当是春暖季节。江陵，今属湖北。

〔五〕丁宁：再三嘱咐。巫峡雨：三峡地区多雨，此借用宋玉《神女赋》事，任渊注引杜甫诗"久雨巫山暗朝晖"。

【评说】

元符三年（1100），哲宗去世，徽宗即位。黄庭坚遇赦自戎州（今四川宜宾）东还。建中靖国元年（1101）春至巫山县，作此诗。由于远谪四川达八年之久，一旦放还，其欣慰可知。诗的主旨，是着重表达了尽快出峡的心愿，后四句已在计算今后的行程。"丁宁巫峡雨，慎莫暗朝晖"，既是说希望船过巫峡时有个好天气，又是在担心政治上的风云反覆，意思深远。又，"东县闻铜臭"一句，纪昀认为"不雅"，冯舒认为"铜臭字尽粗"，冯班认为"闻铜臭既非佳语，意尤晦"（如无古注，确实不懂）。（《瀛奎律髓汇评》卷四十三）不过，如此用字，正是江西派以俗为雅的技巧之一。方回则说，"山谷旧改此句，谓乃退之（韩愈）'照壁喜见蝎'之意。予以为即班超'生入玉门关'之意也"（《瀛奎律髓汇评》卷四十三），指出这句话表达了生还的巨大喜悦。似乎是说，字面虽俗，意思却雅。

王充道送水仙花五十枝欣然会心为之作咏

凌波仙子生尘袜，　水上轻盈步微月。〔一〕
是谁招此断肠魂，　种作寒花寄愁绝。〔二〕
含香体素欲倾城，　山矾是弟梅是兄。〔三〕
坐对真成被花恼，　出门一笑大江横。〔四〕

【注释】

〔一〕"凌波"二句：凌波仙子本指洛神，这里以人喻花，指水仙。曹植《洛神赋》："凌波微步，罗袜生尘。"步微月，踏着微茫的月色。任渊注"微月，盖言袜如新月之状"，未确。

〔二〕此：指洛神（凌波仙子）。下句"寒花"指水仙，寒，形容其素洁。

〔三〕倾城：《汉书》载李延年歌，"北方有佳人，绝世而独立；一顾倾人城，再顾倾人国。宁不知倾城与倾国，佳人难再得"，极言女子之美。山矾（fán）：常绿灌木，春季开白花，极香，原名郑花，黄庭坚为改称"山矾"，详见《戏咏高节亭边山矾花二首》序。按，水仙与山矾开花均白色，梅有白梅，故连举。

〔四〕恼：逗引，撩拨；情绪意兴被激发。杜甫《江畔独步寻花七绝句》之一"江上被花恼不彻，无处告诉只颠狂"。

【评说】

此诗用以物拟人法，通过传神之笔，描摹出水仙花的外在仪态和精神气质，都美如《洛神赋》中的凌波仙子，"是谁"二句，更进一步说仙子魂化作了水仙花。"山矾是弟梅是兄"，强调的仍然是水仙的素洁出俗，乃以山矾白梅为衬托，绝非把三种花都男性化了（不知为什么有这样的误解，有兄有弟的，只可能是男性么？）还有，宋代陈长方，引杜甫"鸡虫得失无了时，注目寒江倚山阁"和此篇"坐对"二句为例，认为"古人作诗断句，辄旁入他意，最为警策"（《步里客谈》卷下）。作者原意是坐对超尘出俗的水仙，意绪一振，胸襟一广，乃乘兴出门，似乎在现实中浩渺无际的大江上，见到了真正的凌仙波子。全篇脉络一贯。说"最为警策"则可（无疑是出人意外的奇句），说"旁入他意"则非。

赠高子勉四首〔一〕（选二）

妙在和光同尘，　事须钩深入神。〔二〕
听它下虎口著，　我不为牛后人。〔三〕

拾遗句中有眼，　彭泽意在无弦。〔四〕
顾我今六十老，　付公以二百年。〔五〕

【注释】

〔一〕高子勉：高荷，字子勉，荆州（今湖北江陵）人，诗入江西派。

〔二〕"妙在"二句：任渊注"上句欲其韬晦涵养，与世同波；下句欲其学之精微，即事观理"。和光同尘，语出《老子》第四章"和其光，同其尘"，大意是涵隐光芒，混同尘俗。

〔三〕"听它"二句：任渊注"上句谓无若世人行险侥幸，如弈棋而置子于虎口。下句欲其特立独行，不落人后也"。著，同"着"（zhāo），围棋下子。牛后，《战国策·韩策一》有"宁为鸡口，无为牛后"，大意是宁肯小而尊，不可大而贱。

〔四〕"拾遗"二句：任渊注"谓老杜之诗眼在句中，如彭泽之琴意在弦外也"。按，杜甫曾任左拾遗。眼，诗眼，一句（或一首）诗中最传神、最警策的一两个字，往往由锤炼而得。魏庆之《诗人玉屑》卷八："作诗在于炼字。如老杜……酬李都督早春诗云'红入桃花嫩，青归柳叶新'，若非'入'与'归'二字，则与儿童之诗何异。"陶渊明曾任彭泽令，萧统《陶渊明传》："渊明不解音律，而蓄无弦琴一张，每酒适，辄抚弄以寄其意。"

〔五〕"顾我"二句：意谓我已年老，力不从心；写出一代好诗的大任，就交托给你了。《南史·谢朓传》载沈约称赞谢朓作品说"二百年无此诗也"，本篇用其语。

【评说】

诗作于崇宁元年（1102），黄庭坚58岁。这两首诗比较集中地反映了作者晚年的人生态度和文学主张：处世既要谨慎韬晦，又要自具尊严；作诗既要锻炼字句，又要追求意境。

题胡逸老致虚庵〔一〕

藏书万卷可教子，　　遗金满籝常作灾。〔二〕
能与贫人共年谷，　　必有明月生蚌胎。〔三〕
山随宴坐画图出，　　水作夜窗风雨来。〔四〕
观水观山皆得妙，　　更将何物污灵台。〔五〕

【注释】

〔一〕胡逸老：未详何人，致虚庵是其庐居或书房名。

〔二〕"藏书"二句：《汉书·韦贤传》记载，韦贤为丞相，他的少子玄成又以明经入仕，官至丞相，故其家乡有谚云，"遗（留给）

子黄金满籯，不如一经"。籯（yíng），竹笼。经，儒家经书，汉代为五经，宋代增至十三经。

〔三〕明月：明月珠，珍珠。蚌胎：蚌育珠，如人怀胎，故曰蚌胎。

〔四〕"山随"二句：起伏的山峦，如图画一样，在宴坐间映现出来；溅溅的流水，透过夜窗，听起来像风雨之声。

〔五〕灵台：心。

【评说】

诗的前四句称颂胡逸老，说他藏书万卷而不积财，又能周济贫民，因此必有后福，必有好子孙。后四句赞美致虚庵，风景如此优美，在这里观水观山，连灵魂都会得到净化。"山随"二句，构思巧妙，造语新颖，一时脍炙人口。以体制言，诗的前半基本上不合律，后半基本上合律。方回《瀛奎律髓》归之于律诗的"拗字类"，纪昀则认为："此诗不甚入绳墨，略其玄黄可矣，不以立法。"（《瀛奎律髓汇评》卷二十五）诗做到让人拿不准是古体还是近体，似乎也过分了些。

武昌松风阁〔一〕

依山筑阁见平川， 夜阑箕斗插屋椽〔二〕。

我来名之意适然。〔三〕

老松魁梧数百年， 斧斤所赦今参天。〔四〕

风鸣娲皇五十弦， 洗耳不须菩萨泉。〔五〕

嘉二三子甚好贤， 力贫买酒醉此筵。〔六〕

夜雨鸣廊到晓悬，　相看不归卧僧毡。

泉枯石燥复潺湲，　山川光辉为我妍。〔七〕

野僧早饥不能馕，　晓见寒溪有炊烟。〔八〕

东坡道人已沉泉，　张侯何时到眼前。〔九〕

钓台惊涛可昼眠，　怡亭看篆蛟龙缠。〔一〇〕

安得此身脱拘挛，　舟载诸友长周旋。〔一一〕

【注释】

〔一〕武昌：古县名，宋代为鄂州州治，即今之湖北鄂州，在长江南岸。西门外有樊山（西山），古迹甚多。松风阁在樊山，首句"依山筑阁"即指此而言。

〔二〕"夜阑"句：言山、阁地势之高。夜深时箕移斗转，似乎插进了屋椽。箕、斗，星宿名。

〔三〕名之：给松风阁取名。适然：舒畅，惬意。

〔四〕斧斤所赦：幸免于砍伐的（松树）。赦，赦免。

〔五〕"风鸣"二句：写松涛之美有如音乐。娲（wā）皇，女娲，神话人物，与伏羲为夫妇，是人类始祖。任渊注引《礼图》曰："庖牺（伏羲）氏作瑟，五十弦。"菩萨泉，樊山名泉之一。

〔六〕嘉：表示赞许。二三子：各位，（你们）几位。《论语·阳货》有"二三子，偃之言是也"。力贫：尽力克服经济困难。

〔七〕"泉枯"句：本来干涸的泉石又流水潺潺了。

〔八〕早饥：未详，有的选本改作"旱饥"。馕（zhān）：厚粥。这里用作动词。寒溪：在樊山，东晋建有寒溪寺。

〔九〕"东坡"句：苏轼已于建中靖国元年（1101）逝世。下句张侯，指张耒（文潜），被贬黄州安置，而尚未到，黄州与武昌隔江相望。

〔一〇〕钓台：任渊注引《水经》，"樊山北背大江，江上有钓台，孙权尝极饮其上"。怡亭：欧阳修《集古录跋尾》卷七，"怡亭，在武昌江水中小岛上，武昌人谓其地为吴王散花滩。亭，裴鹥造，李阳冰名而篆之，裴虬铭，李莒八分书，刻于岛石"。蛟龙缠，即指篆文而言。

〔一一〕拘挛（luán）：束缚。周旋：这里可解作盘桓。

【评说】

崇宁元年（1102）六月，作者受命知太平州（治所在今安徽当涂），九日而罢，复溯江西上，九月至鄂州寓居。此诗作于鄂州。先写山、阁之地理形势，然后写古松之魁伟，松风之清爽可以洗耳涤烦，再写夜雨连明，山川光润，其中夹叙开筵饮酒之乐事。由此转入对朋友的怀念，表示解脱牵累、纵情山水的意愿。方东树《昭昧詹言》卷十二说，"后半直叙，却能扫人凡言，自撰奇重之语（按，着重指'钓台'二句），收无远意（按，指'安得'二句近于套语）"。就整体言，大笔淋漓，风格爽健，仍不失为力作。本诗句句押韵，一韵到底，是七古柏梁体。相传汉武帝及群臣于柏梁台联句，始创此体，曹丕《燕歌行》为柏梁体名作。

鄂州南楼书事四首〔一〕(选一)

四顾山光接水光， 凭栏十里芰荷香。〔二〕

清风明月无人管， 并作南楼一味凉。〔三〕

【注释】

〔一〕南楼：在鄂州城内，东晋庾亮以征西将军镇武昌时，曾与僚佐登此楼吟咏。

〔二〕芰（jì）荷：出水的荷花。

〔三〕管：管领；欣赏。并：齐，共。一味：本指菜肴说，这里指凉意。

【评说】

这首诗作于崇宁二年（1103）。写夏夜登楼，消受山水光辉、十里荷香，清风明月驱除了暑气，送来了一个清凉世界。自然流露，毫无雕饰，却又秀美精致而韵味悠长。陈衍说："山谷七言绝句皆学杜，少学龙标（王昌龄）、供奉（李白）者有之，《岳阳楼》《鄂州南楼》近之矣。"（《宋诗精华录》卷二）

花光仲仁出秦苏诗卷思两国士不可复见开卷绝叹因花光为我作梅数枝及画烟外远山追少游韵记卷末〔一〕

梦蝶真人貌黄槁， 篱落逢花须醉倒。〔二〕

雅闻花光能画梅， 更乞一枝洗烦恼。

扶持爱梅说道理， 自许牛头参已早。〔三〕

长眠橘洲风雨寒，　今日梅开向谁好。〔四〕

何况东坡成古丘，　不复龙蛇看挥扫。〔五〕

我向湖南更岭南，　系船来近花光老。

叹息斯人不可见，　喜我未学霜前草。〔六〕

写尽南枝与北枝，　更作千峰倚晴昊。〔七〕

【注释】

〔一〕花光仲仁：衡州花（华）光寺长老仲仁，会稽人，工墨梅，有《华光梅谱》。秦苏：秦观（少游）与苏轼。按，元符三年（1100）八月，秦观卒于藤州（今广西藤县），建中靖国元年（1101）七月，苏轼卒于常州（今属江苏），故诗题说"两国士不可复见"。崇宁三年（1104），黄庭坚赴宜州（今属广西）贬所，途经衡州花光寺，见到仲仁所藏秦、苏诗卷，作此诗题画。

〔二〕梦蝶真人：《庄子·齐物论》，"昔者庄周梦为蝴蝶，栩栩然蝴蝶也……"李商隐《锦瑟》诗"庄生晓梦迷蝴蝶"，这里是作者自指。任渊注以为指秦少游，误。"篱落"句：化用陶渊明《饮酒》（其五）"采菊东篱下"诗意。

〔三〕爱梅：所爱之梅。道理：指佛理。"自许"句：自认为早已参透了牛头禅（懂得了人生）。按，牛头，指牛头禅，佛教禅宗的一派，以法融为祖师，因曾居金陵（南京）牛头山，称牛头禅。任渊注引《传灯录》，"法融禅师入牛头山幽栖寺北岩之石室，有百鸟衔花之异"。

〔四〕橘洲：今长沙湘江中橘子洲。秦观卒后，其子奉灵枢暂殡于潭州（长沙）。

〔五〕龙蛇：笔走龙蛇，形容书法的矫健盘绕。

〔六〕"喜我"句：任渊注"山谷自言其未死"。

〔七〕晴昊（hào）：晴天。

【评说】

诗的开头以庄子和陶潜自比，已寓超然之意；进而说有了梅花（画中之梅）可赏，更能洗涤心中烦恼，自赞参透了禅宗妙理。第二层怀念逝去的师友，用平常的语言掩盖了内心的痛切。最后联系自己，结合画中的梅花与晴峰，寄托了一种微茫的希望。全篇的线索是仲仁的画，基本内容是伤悼师友和感慨自身，指导思想是参透禅理、领悟人生，艺术风格是平和中见深厚。作者在同时还写了一首《题花光老为曾公卷作水边梅》（花光老即花光寺长老仲仁）："梅蕊触人意，冒寒开雪花。遥怜水风晚，片片点汀沙。"水边梅是仲仁画的，却说梅蕊触摸着人的心愿而开放；本是刚开的花，诗人却看到了它被晚风吹落，点缀着沙洲。诗句清丽而意境悠远，语气平静而寄托深厚，作者是想起了已经殒落的明星，并连类及己了。

赠惠洪〔一〕

数面欣羊胛，　论诗喜雉膏。〔二〕

眼横湘水暮，　云献楚天高。〔三〕

堕我玉麈尾，　乞君宫锦袍。〔四〕

月清放舟舫，　万里渺云涛。

【注释】

〔一〕惠洪：僧惠洪（1071—1128），俗姓彭，号觉范，筠州新昌（今江西宜丰）人。工诗能画，与黄庭坚友善。著有《石门文字禅》《冷斋夜话》等。

〔二〕数（shuò）面：多次见面聚会。前人或以为"数"当读"暑"，疑未是。羊胛（jiǎ）：羊的肩胛（肉）。《新唐书·回鹘传》："骨利干处瀚海北……昼长夜短，日入亨（烹）羊胛，熟，东方已明，盖近日出处也。"后用羊胛熟形容时间过得快。欧阳修《谢观文王尚书惠西京牡丹》："岁月才如熟羊胛。"雄膏：语出《周易·鼎卦》，这里用以形容诗作的丰腴富赡。

〔三〕"眼横"二句：大意是，暮色中的湘水，如眼波那样明澈；因为云雾轻淡，呈现出楚地天空的高爽。按，方回说，"山谷谪宜州，洪觉范在长沙岳麓寺曾见山谷"（《瀛奎律髓汇评》卷四十七）。这里写的是眼前风光。

〔四〕"堕我"句：极写自己面对知己，言谈兴奋。《晋书》记孙盛去见殷浩，谈论间对着食案挥动玉麈（zhǔ），麈尾毛尽落饭中（见《孙盛传》）。玉麈，用麈尾制成的拂尘，魏晋清谈之士玉麈不离手，以示高雅。"乞君"句：极写朋友豪迈不羁，有如李白。《旧唐书·李白传》："白衣宫锦袍，于舟中顾瞻笑傲，傍（旁）若无人。"乞（qì），与。宫锦，宫中特制之锦。

【评说】

这是作者在长沙与惠洪相聚〔崇宁三年（1104）二三月间〕后的赠别之作。第一联总括长期的友谊。第二、三联写当时的聚会，湘江澄碧，楚天高爽，知心朋友高谈阔论，豪迈不羁。第四联叹息着毕竟要分手，从此云涛万里，见面为难了。首联用事稍僻，第五句音律亦拗，对仗亦见功力，皆是江西特色，但仍然平妥熨帖，非奇险艰奥一类。

书磨崖碑后〔一〕

春风吹船著浯溪，　　扶藜上读中兴碑。〔二〕

平生半世看墨本，　　摩挲石刻鬓成丝。〔三〕

明皇不作苞桑计，　　颠倒四海由禄儿。

九庙不守乘舆西，　　万官已作鸟择栖。〔四〕

抚军监国太子事，　　何乃趣取大物为。〔五〕

事有至难天幸尔，　　上皇踽踽还京师。〔六〕

内间张后色可否，　　外间李父颐指挥。

南内凄凉几苟活，　　高将军去事尤危。〔七〕

臣结舂陵二三策，　　臣甫杜鹃再拜诗。〔八〕

安知忠臣痛至骨，　　世上但赏琼琚词。〔九〕

同来野僧六七辈，　　亦有文士相追随。〔一〇〕

断崖苍藓对立久，　　涷雨为洗前朝悲。〔一一〕

【注释】

〔一〕磨崖碑：在今湖南祁阳西南数里浯溪。唐代作家元结撰《大唐中兴颂》，述安史之乱及肃宗克复长安事，歌颂中兴，大书法家颜真卿楷书，磨崖刻石于浯溪岸壁。

〔二〕著（zhuó）：接触，这里作系、泊解。藜：藜杖。上：登。

〔三〕"摩挲"句：等到亲自抚摸石刻、读到真迹时，已是头发白了。

〔四〕"明皇"四句：唐玄宗治国不为根本着想，任由安禄山胡作非为。导致宗庙不守，自己也仓皇西逃；官僚们各有打算，纷纷另找主子了。苞桑计，强固根基的大计。苞桑，桑树的本干。语出《易·否卦》"其亡其亡，系于苞桑"。禄儿，安禄山，深得玄宗信任，兼平卢、范阳、河东三地节度使，手握重兵，天宝十四载（755）冬起兵作乱，攻下洛阳。九庙，天子宗庙有九。乘舆，皇帝车驾。天宝十五载（756）六月，潼关失陷，玄宗西逃入蜀。乌择栖，乌可择木而栖。当时官员有降贼的，也有投奔太子李亨的。

〔五〕"抚军"二句：（皇帝避难，）抚军监国自然是太子的本份（任渊注引《左传》"太子从曰抚军，守曰监国"），怎么竟然急不可待地夺取帝位？趣（cù），急促。大物，《庄子·在宥》，"夫有土者，有大物也"，取"普天之下，莫非王土"意。天宝十五载（756）七月，太子李亨即位于灵武（今宁夏灵武南），改元至德，是为肃宗，尊玄宗为太上皇。旧史家对此颇有讥评。

〔六〕"事有"二句：所谓"事有至难"，只是天幸罢了；太上皇经受不少委屈艰难才回到京师。事有至难，见元结《大唐中兴颂》，"事有至难（难能可贵之难），宗庙再安，二圣（玄宗、肃宗）重欢"。踽踔（jú jí），弯身小步，谓行动谨慎小心，《诗经·小雅·正月》，"谓天盖高，不敢不踢。谓地盖厚，不敢不踔"。

〔七〕"内间"四句：在内宫，有张皇后（对肃宗）的挟制；在外廷，有李辅国的专横。太上皇（玄宗）被迫迁至甘露殿，隐忍偷生；高力士被赶走后，处境就更险恶了。张后，肃宗皇后。色可否，以脸色决定事之可否。李父，宦官李辅国，玄宗逃蜀时，因劝太子即位灵武有功，逐渐专权，肃宗临死时又拥立太子李豫（代宗），被尊称尚父。颐，下巴。南内，当作"西内"。玄宗还京后，居南内兴庆宫，张皇后与李辅国为加强防范，迫其迁入西内甘露殿，实同软禁。高将军，宦官高力士，深得玄宗信任倚重，官至骠骑大将军，在玄宗迁入西内后，被李辅国诬以罪名，长流巫州。

〔八〕"臣结"句：臣结，指《大唐中兴颂》的作者元结。春陵二三策，任渊注认为指的是元结《春陵行》所述民情。"春陵"或作"春秋"，胡仔说，元结集中只有《时议》三篇，并无一言涉及明皇、肃宗父子间事，"不知鲁直所谓'臣结春秋二三策'者，更别出何书也"（《苕溪渔隐丛话》后集卷三十一）。曾季狸则指出所谓"春秋二三策"，是说元结《大唐中兴颂》用的是孔子修《春秋》的"书法"（《艇斋诗话》）。袁文则亲见山谷手迹是"春秋"而非"春陵"（《瓮牖闲评》卷五）。钱锺书先生以《匏庐诗话》所引范成大《中兴颂诗》与杨万里《浯溪赋》为证，认为"自以匏庐之说为近似"，取"春秋"为《春秋》笔法一义（《谈艺录》二《黄山谷诗补注》）。"臣甫"句：杜甫有《杜鹃行》诗，仇兆鳌注引"洪迈《随笔》云，明皇为（李）辅国劫迁西内，肃宗不复定省，子美作《杜鹃行》以伤之"。今按，以杜鹃比君，因有蜀望帝化为杜鹃的传说。

〔九〕忠臣：指元结、杜甫。琼琚词：精美的诗文。

〔一〇〕"同来"句：与作者同游的僧人有伯新、道遵、守能、志观、德清、义明、崇广。文士：如进士陶豫、李格，被贬永州的曾纡。

〔一一〕对立：参观者相对而立。涷（dōng）雨：屈原《九歌·大司命》"使涷雨兮洒尘"，王逸注，"暴雨为涷雨"。

【评说】

　　诗作于崇宁三年（1104）三月，赴宜州贬所途经永州时。开头四句为叙引，最后为收束。中间一大段夹叙夹议，概括安史乱起至"中兴"的史实，每四句为一小段，脉胳清晰，章法严整。全篇用顺叙法，不以急剧的跳荡转折取胜，但写得精练遒劲，沉郁顿挫，"神似老杜而不袭其貌"（高步瀛评，见《唐宋诗举要》卷三），由力求惊创归于自然老练，体现艺术上的高度成熟。以思想倾向言，两宋人有不同评论。例如曾季狸盛赞"山谷《浯溪碑》诗有史法，古今诗人不至此也"（《艇斋诗话》），肯定黄诗对肃宗的讥刺和对玄宗的同情。范成大则以黄诗没有"歌颂中兴"为憾。这也许和当时人对靖康之耻、"二帝"蒙尘事逐渐淡漠，而南渡后"中兴"格局无法改变有着微妙的关系。

陈师道

陈师道（1053—1102），字履常，一字无己，号后山居士。徐州彭城（今江苏徐州）人。自幼专心向学，16岁受知于曾巩。因不满王安石《字说》，绝意仕进。元祐二年（1087），苏轼等荐其文行，以布衣为徐州教授，移颍州教授。元符三年（1100），除秘书省正字；在馆一年，以寒疾卒。有《后山居士文集》（上海古籍出版社影宋刊本）。其诗有任渊注《后山诗注》十二卷（新文丰出版公司《丛书集成新编》本）。存诗690首。

寄外舅郭大夫〔一〕

巴蜀通归使，　妻孥且旧居。〔二〕

深知报消息，　不忍问何如。

身健何妨远，　情亲未肯疏。〔三〕

功名欺老病，　泪尽数行书。

【注释】

〔一〕外舅：岳父。郭大夫：郭概，作者的岳父。元丰七年（1084）五月，郭概任提点成都府路刑狱，作者的妻、子随之入蜀。

〔二〕"巴蜀"二句：有使者从巴蜀归来，我得知妻、子安居无事。孥（nú），儿女。且旧居，意思仍在原处，没有流徙。杜甫《得家书》："今日知消息，他乡且旧居。"

〔三〕"身健"二句：身体都还健康，远离本不算什么；因为亲情深厚，仍是时时牵挂。疏，感情上的疏远。

【评说】

这首诗大约作于元丰七年（1084）或八年（1085）。作者困穷不能养家，妻、子随岳父赴成都，《送内》《别三子》等诗，都是写这件事的。方回评本诗云："后山学老杜，此其逼真者。枯淡瘦劲，情味深幽。"（《瀛奎律髓汇评》卷四十二）纪昀也说："情真格老，一气浑成。冯氏疾后山如仇，亦不能不敛手此诗（按，冯氏指冯舒，他认为此诗'如此学老杜，岂不敛手拊心'），公道固有不泯时。"（《瀛奎律髓汇评》卷四十二）又蔡正孙《诗林广记》后集引黄玉林之说："赵章泉先生尝云，学诗者莫不以杜为师，然能如其师者，鲜矣。句或有似之，而篇之全似者，绝难得。陈后山《寄外舅郭大夫》诗，乃全篇之似杜者也。"

暑雨

密雨吹不断，　贫居常闭门。

东溟容有限，　西极更能存。〔一〕

束湿炊悬釜，　翻床补坏垣。〔二〕

倒身无著处，　呵手不成温。

【注释】

〔一〕"东溟"二句：只怕东海包纳不了这么多雨水；西方的天柱也要漂起来了。东溟，东海。容，或许。西极，西方极远之处，这里指神话中的擎天之柱。《淮南子·天文训》："昔者共工与颛顼争为帝，怒而触不周之山，天柱折，地维绝。"任渊《后山诗注》引《列子·汤问》注，"不周山，在西北之极"。

〔二〕"束湿"句：把饭锅吊起来，用湿柴禾做饭。这是因为屋内积水。釜，收口圆底的锅，本来是安在灶口使用的。

【评说】

这首诗通过对盛夏久雨的描写，反映自己生活的困穷与狼狈。"东溟"二句对积水的夸张写法，有人认为过分了。后四句很可能是实录。屋漏无处安身，杜诗已见。在大夏天"呵手不成温"，是因为雨下得太久，积阴太重，没有真实的体验，未必能想象得出。宋朝重儒重文，仕路甚宽，文人显达的多，地位优越，待遇优厚；像陈师道这样潦倒困苦的，确实少见。他一生艰苦，连丧事也是朋友们帮助办的。这除了没有进士及第的身份外，更由于他的清高自重；他因此受到了朋友和后人的称扬。

九日寄秦觏〔一〕

疾风回雨水明霞，　　沙步丛祠欲暮鸦。〔二〕

九日清樽欺白发，　　十年为客负黄花。〔三〕

登高怀远心如在，　　向老逢辰意有加。〔四〕

淮海少年天下士，　　可能无地落乌纱。〔五〕

【注释】

〔一〕九日：九月九日，重阳节。秦觏（gòu）：字少章，高邮人，著名词人秦观之弟，与作者友善，唱和甚多。

〔二〕回雨：雨被风吹散。回，本是回旋之意。水明霞：水光反映霞光，格外鲜明。杜甫《月》："四更山吐月，残夜水明楼。"沙步：江边可以系舟、供人上下的地方。丛祠：丛林中的神庙。

〔三〕"九日"二句：重阳佳节本应痛饮，但白发已不胜酒；十年之中为生活奔波，辜负了赏菊。

〔四〕向老：接近老境。辰：时日，这里特指节令言。

〔五〕可能：岂能；难道。落乌纱：晋人孟嘉为征西大将军桓温部属，才华颇受赏识。九月九日随桓温宴饮龙山，风吹帽落而不觉，桓温命孙盛作文嘲之，孟嘉一见，"即答之，其文甚美"（见《晋书·孟嘉传》），后以之为九日登高的美谈。李白《九日》诗"落帽醉山月，空歌怀友生"，又《九日龙山饮》诗"九日龙山饮，黄花笑逐臣。醉看风落帽，舞爱月留人"。

【评说】

诗当作于元祐二年（1087）作者被任为徐州州学教授、还乡赴官途中。首联写眼前实景，疾风飘雨，水色霞光交辉，水边和山野，已有晚鸦鸣噪。这是旅途中最宜停息的时候，何况又是重阳。颔联一转，说自己的经历。颈联接入秦觏，致怀念之情。尾联是祝愿与鼓励：像你这样年少豪俊之士，岂能没有登高作赋、显示天才和受到赏识的机会！方回解末句云："孟嘉犹有一桓温客之，秦（觏）并无之也。"纪昀说："后四句言己已老，兴尚不浅；况以秦之豪俊，岂有不结伴登高者乎？乃因此以寄相忆耳。解谬。"（《瀛奎律髓汇评》卷十六）今疑纪评亦未深切。盖"可能无地"之语气，领会有不同耳。

示三子

去远即相忘，　归近不可忍。〔一〕

儿女已在眼，　眉目略不省。〔二〕

喜极不得语，　泪尽方一哂。〔三〕

了知不是梦，　忽忽心未稳。〔四〕

【注释】

〔一〕"归近"句：儿女归来，心情激动不能自禁。

〔二〕"眉目"句：孩子们长大了，不认得了。略，全（见王锳《诗词曲语辞例释》）。省（xǐng），识。

〔三〕哂（shěn）：笑。

〔四〕忽忽：心情恍惚。

【评说】

诗有小序云，"时三子已归自外家"，当是元祐二年（1087）作。三个孩子随外祖赴成都时，"有女初束发"，"大儿学语言"，"小儿襁褓间"；现在长大了。后四句写见面时的心情，真切生动，表现传神，杜甫《羌村三首》："妻孥怪我在，惊定还拭泪……夜阑更秉烛，相对如梦寐。"苏轼《朱寿昌郎中少不知母所在刺血写经求之五十年去岁得之蜀中以诗贺之》写母子相逢："羡君临老得相逢，喜极无言泪如雨。"都能深入人的亲情至性。汪薇评此诗说："淡而真，是

天性中物，不可以雕琢得者。"(《诗伦》卷下）潘德舆列举《送外
舅郭大夫概西川提刑》《别三子》《示三子》说："此数诗沛然至性中
流出，而笔力沉挚又足以副之，虽使老杜复生不能过。"(《养一斋
诗话》卷六）

次韵李节推九日登南山〔一〕

平林广野骑台荒，　山寺鸣钟报夕阳。〔二〕
人事自生今日意，　寒花只作去年香。
巾敧更觉霜侵鬓，　语妙何妨石作肠。〔三〕
落木无边江不尽，　此身此日更须忙。〔四〕

【注释】

〔一〕李节推：名字未详。节推，节度推官的简称，掌管司法事
务。南山：在徐州。

〔二〕骑（jì）台：戏马台，在徐州南，或称项羽掠马台。

〔三〕巾敧（qī）：头巾倾侧，暗用孟嘉落帽事，见《九日寄秦
觏》诗注〔五〕。"语妙"句：如果语言有味，何妨心肠刚毅。任渊
注引唐皮日休《桃花赋序》云，"宋广平（唐代名相宋璟，封广平
郡公）为相，贞姿劲质，刚态毅状，疑其铁肠与石心，不解吐婉媚
辞；然观其文，而有《梅花赋》，清便富丽，得南朝庾徐体，殊不
类其为人"。

〔四〕"落木"句：杜甫《登高》诗"无边落木萧萧下，不尽长
江滚滚来"。更须忙：岂须忙，不须忙碌。张相《诗词曲语辞汇释》

卷一,"更,犹岂也"。

【评说】

此诗作于元祐四年(1089)徐州教官任上。主题包含在"人事自生今日意,寒花只作去年香"两句中:大自然是永恒的,节令风物,年年如此,今年重九的寒花(菊花)和去年芬芳无异;而人生是短促的,逝者如斯,难免有今日又老一岁之意。任渊注引李后主诗"鬓从近日添新白,菊是去年依旧黄",正好为此作注。诗的首联点出项王戏马台的荒废,钟声中夕阳的西沉,是感喟的触媒。第三、四两联说老境将至,好景不常,应该抓紧时间玩赏风光,多作好诗,不须汲汲于世俗之事。纪昀评此作云:"虽未深厚,然自清挺。"(《瀛奎律髓汇评》卷十六)

黄梅五首〔一〕(选三)

异色深宜晚,　生香故触人。〔二〕
不施千点白,　别作一家春。〔三〕

旧鬓千丝白,　新梅百叶黄。
留花如有待,　迷国更须香。〔四〕

冉冉梢头绿,　婷婷花下人。
欲传千里信,　暗折一枝春。〔五〕

【注释】

〔一〕黄梅：蜡梅（或作腊梅）的别名，落叶灌木，与梅不同科，冬季开花，花瓣外层黄色，味香浓。

〔二〕生香：新鲜的、少有的香气。生，与"熟"相对。上句"异色"，也指黄梅的颜色特异，与梅不同。故：有意地。

〔三〕一家春：形容美好的自然境界或生活景况。作者《次韵答学者四首》之一，"笔下倒倾三峡水，胸中别作一家春"，任渊注引《传灯录》："僧问崇信曰，翠微迎罗汉，意作么生？师曰，别是一家春。"

〔四〕"留花"句：留花不发，如有所待。任渊注引韩愈诗"留花不发待郎归"。"迷国"句：任渊注"言其色自足迷国也，尚何须香耶"。迷国，使一城之人倾倒。更，岂。

〔五〕"欲传"二句：陆凯寄梅花一枝与范晔，并赠诗云，"折花逢驿使，寄与陇头人。江南无所有，聊赠一枝春"，后以一枝春指代梅花。

【评说】

组诗之第一首写蜡梅的异色和生香，与白梅不同，而自有其特殊的美质。第二首写两鬓成丝的人面对含苞未放、生气蓬勃的梅花的感触。第三首写花下美人的相思，正折梅送人；一个"暗"字，神态心理都刻画得很细致。宋人诗大多重意象，重理性，与唐诗韵味不同，但也不可一概而论。这组诗清新明丽，委婉动人，自具特色。

十五夜月〔一〕

向老逢清节，　归怀托素晖。〔二〕
飞萤元失照，　重露已沾衣。〔三〕
稍稍孤光动，　沉沉万籁微。〔四〕
不应明白发，　似欲劝人归。〔五〕

【注释】

〔一〕十五：指八月十五，中秋节。

〔二〕"归怀"句：思归的情怀寄托给素洁的月光。

〔三〕"飞萤"句：萤火虫的光在明月下显得不亮了。任渊注引《传灯录》，"盐官和尚曰，日下孤灯，果然失照"。

〔四〕稍稍：这里作萧森、萧瑟解。孤光：一轮孤月。沉沉：深沉的样子。万籁：各种声音。

〔五〕明：照见，照亮。

【评说】

此诗写的是渐趋老境的诗人在一个冷落的中秋佳节，望月思归的情景。清晖如水，重露沾衣，冷月森然，万籁沉寂，更增添了孤独感。圆月有情，似不应照明这头上的白发，令我神伤，是不是在提醒我不如归去呢。任渊说，"诗意谓头颅如许，尚复俯仰世间，为明月所照破也"，能得诗人之心。全诗语句老健，意境深微，富有感染力，唯觉衰飒之气稍重。

寄送定州苏尚书〔一〕

初闻简策侍前旒，　又见衣冠送作州。〔二〕
北府时清惟可饮，　西山气爽更宜秋。〔三〕
功名不朽聊通袖，　海道无违具一舟。〔四〕
枉读平生三万卷，　貂蝉当复自兜牟。〔五〕

【注释】

〔一〕定州：州名，治所在安喜（今河北定州）。苏尚书：指苏轼。元祐八年（1093）九月，苏轼以礼部尚书、端明殿学士出知定州。此时由于高皇后（英宗皇后）去世，哲宗亲政，新党章惇、吕惠卿等复官，朝廷政局已有大变。

〔二〕"初闻"句：指苏轼在朝时担任翰林侍读学士（这是地位清荣的皇帝近臣）。简策，书册。侍，奉侍。前旒（liú），指皇帝身边，旒是皇冠前后悬垂的玉串。衣冠：指官员士大夫。作州：担任知州（州的长官），作有治理之意。

〔三〕"北府"句：现在时世清平，你在定州只宜饮酒（不要有所作为）。北府，借指定州（定州在河北）。西山：指太行山，在定州之西。

〔四〕"功名"二句：任渊注"此两句皆拈出东坡语以劝之，意谓功成名遂，自足不朽；政可缩手袖间，而遂湖海之本志也"。苏轼《沁园春》（孤馆灯青）词，"用舍由时，行藏在我，袖手何妨闲处看"；又《水调歌头》（安石在东海）词，"一旦功成名遂，准拟东还海道"，东还海道，用东晋谢安准备归隐家园故事。

〔五〕"枉读"二句：大意是说，苏轼满腹经纶，却不在朝廷而到边州去任职，是不得其用。貂蝉，汉代皇帝侍从帽上的装饰物，这里借指朝廷近臣。兜牟，即兜鍪，头盔，是武士的装束。

【评说】

诗作于元祐八年（1093）。第二联说，现在时世清平，到定州后只须饮酒、赏秋，不可多事。第三联直接引用苏轼词意，提醒他功名已就，不要违背了归隐的夙志。方回说："宣仁上仙（高后去世），时事已变，劝东坡省事高退，其意深矣。"纪昀也认为："语虽直致，而东坡、后山之交情，安危之际，自不暇更作婉转，此又当论其世也。"（《瀛奎律髓汇评》卷二十四）

元日

老境难为节，　寒梢未得春。〔一〕
一官兼利害，　百虑孰疏亲。〔二〕
积雪无归路，　扶行有醉人。
望乡仍受岁，　回首望松筠。〔三〕

【注释】

〔一〕为节：等于说"过节"。节，节令，节日。"寒梢"句：寒冬时的树梢还没有感受春气（没有返青）。这里语意双关，也指人的老境。

〔二〕"一官"二句：担任一个官职，既有利，也有害；人生百种思虑，何者疏，何者亲？下句暗用《老子》第四十四章"名与身埶亲"之意，谓种种思虑多是身外之事，实不可亲。

〔三〕受岁：得一岁；又长了一岁。松筠：杜甫《寄张十二山人彪三十韵》诗"穷秋正摇落，回首望松筠"，仇兆鳌注引王洙曰，"松筠有岁寒之操"。盖松与筠（竹）经冬不凋，用以比喻节操坚贞。任渊注云"松筠犹松楸，意谓丘墓也"，若谓以先人丘墓指故乡，则与上句犯复，疑非是。

【评说】

此诗作于绍圣元年（1094）颍州学官任上，写的元旦佳节的感受。为得一官而牵动百虑，身不由己，总觉无滋味，不值得。道路虽被积雪淹没，但不是不能走了；连醉人也正扶行而归。在徒增一岁怀念故乡的时候，看到了经冬不凋、凌寒卓立的松筠。方回称赞这首诗"全是骨，全是味，不可与拈花簇叶者相较量也"（《瀛奎律髓汇评》卷十六）。骨，指骨力说，正如刘勰《文心雕龙·风骨》所说的"沉吟铺辞，莫先于骨。故辞之待骨，如体之树骸"。味，指余味说，正如《文心雕龙·宗经》所说的"辞约而旨丰，事近而喻远，是以往者虽旧，余味日新"。纪昀评此诗说："字字镵刻，却自浑成。六句对面写法，如此乃活而有味。"（《瀛奎律髓汇评》卷十六）与方回的意见是一致的。

后湖晚坐

水净偏明眼，　城荒可当山。〔一〕
青林无限意，　白鸟有余闲。

身致江湖上， 名成伯季间。〔二〕

目随归雁尽， 坐待暮鸦还。

【注释】

〔一〕"水净"句：澄净的水使眼睛更加明亮。偏，颇，甚。当（dàng）：当作，算是。

〔二〕"名成"句：作者《佛指记》"语有之，欲知前时视今日。余以词义（一作文义）名次四君而贫于一代，岂昔亦以文施耶"。可见他对自己的文名是满意的。"苏门四学士"为黄庭坚、秦观、晁补之、张耒；"苏门六君子"为四学士加上陈师道、李廌。所谓"名成伯季间"，可以理解为仅次于黄。

【评说】

诗当作于绍圣元年（1094）春初罢职（颍州学官）闲居之时。第一联写了水，又写了"山"，也算是退身隐居于江湖之上了。第二联突出悠闲自得的心情，第四联说眼前无可语者，只能看看雁去鸦还，把诗人那种傲然自负的神致与意气描绘得既含蓄又明朗。

答晁以道〔一〕

转走东南复帝城， 故人相见眼偏明。〔二〕

十年作吏仍糊口， 两地为邻阙寄声。〔三〕

冷眼尚堪看细字， 白头宁复要时名。

孰知范叔寒如此， 未觉严公有故情。〔四〕

【注释】

〔一〕晁以道：晁说之，字以道，济州巨野（今属山东）人。元丰五年（1082）进士，官至徽猷阁待制，著有《景迂生集》。

〔二〕"转走"句：任渊注"后山尝游江浙，元祐初来京师。此句追记其事"。帝城，京城，指汴京（今开封）。眼偏明：形容故人相见，格外欢喜亲切之状。偏，颇，最。

〔三〕阙寄声：音讯稀少。阙，缺，少。

〔四〕范叔：范雎，字叔，战国时魏国人，受须贾诬害，折辱几死。更改姓名为张禄，逃至秦国，得昭王信用，官至丞相。后须贾出使至秦，范雎敝衣往见，须贾说，"范叔一寒如此哉"，乃取其一绨袍赐之。范雎以其尚有故人之意，免其一死。事见《史记·范雎蔡泽列传》。严公：严武，字季鹰，和诗人杜甫为世交。严武以成都尹和剑南节度使两次镇蜀时，对流寓成都的杜甫多方照顾。

【评说】

诗或作于绍圣二年（1095）。首联追忆汴京欢聚之日；次联述十年间为养家糊口而碌碌于吏事，两地为邻的知交却很少联系；三联形容自己近况，"冷眼"句说身体还好，"白头"句说不想要名，兀傲清介之状跃然纸上；结联似乎是从晁以道的来诗中看到晁的处境很不好，老朋友不讲交情，生活艰难。作者自顾不暇，所以只有沉重的感叹，却说不出一句安慰的话来。

次韵无斁雪后二首〔一〕（选一）

闭阁春云薄，　开门夜雪深。

江梅犹故意，　湖雁起归心。〔二〕

草润留余泽，　窗明度积阴。〔三〕

殷勤报春信，　屋角有来禽。〔四〕

【注释】

〔一〕无斁（yì）：晁载之，字无斁，济州巨野（今属山东）人，曾任曹州（州治在济阴，今山东曹县西北）教官。绍圣二年（1095），陈师道的岳父郭概知曹州，师道归葬其父母于徐州后，即携家寄食于曹州。

〔二〕故意：故人的情意，故旧之心。据《梁书·王僧辩传》，僧辩谓鲍泉曰："卿有罪，令旨使我锁卿，勿以故意见待。"

〔三〕积阴：（冬天）累积的阴寒。

〔四〕来禽：指沙果。或说此果味甘，果林能招致众禽，故有来禽、林禽之称。此处借指禽鸟。杜甫《百舌》诗，"百舌来何处，重重只报春"。

【评说】

诗作于绍圣三年（1096）初春。头天晚上关门的时候是薄薄的春云；早起开门，见到深深的春雪。江边的梅花在白雪中丰姿绰约，犹有恋恋依人之态，湖边的大雁敏感到春天的气息，萌发了展翅南飞之意。枯草得到滋润，明窗驱走积阴。屋角的禽鸟欢快地鸣叫，报道春天已经来了。开门望雪，由远及近，江梅、湖雁，用拟人法，草、窗，用对照法，直到禽鸟欢语，春的讯息是这么多，气息是这么浓。诗写得很清丽，很有情致，体现了作者憧憬美好生活的愿望。这种理想完全是用形象，而不是用理念来传达的。

次韵春怀

老形已具臂膝痛，　春事无多樱笋来。〔一〕

败絮不温生虮虱，　大杯覆酒著尘埃。〔二〕

衰年此日长为客，　旧国当时只废台。〔三〕

河岭尚堪供极目，　少年为句未须哀。〔四〕

【注释】

〔一〕老形：衰老的形态。具：具备。樱笋：樱桃与春笋的合称，樱笋上市在春夏之交，因用以指季节。全句说，樱笋上市，春天快过完了。

〔二〕虮（jǐ）：虱子的卵。"大杯"句：晋元帝常因饮酒废事，丞相王导深以为言，帝命酌，引觞覆之，于此遂绝。事见《晋书·元帝纪》。

〔三〕旧国：这里指徐州。作者是徐州人，所以说旧国（故园）。台：指项羽戏马台，遗址在徐州城南。

〔四〕"河岭"二句：河山景象足供眺望观览，少年人做诗不该悲哀。任渊注引王安石诗，"意气未宜轻感慨，文章尤忌数悲哀"。

【评说】

诗当作于绍圣三年（1096）春寄食曹州时，故有"长为客"之句。方回说："后山诗瘦铁屈蟠。海底珊瑚枝，不足以喻其深劲。'老形已具臂膝痛'，身欲老也。'春事无多樱笋来'，春欲尽也。前辈诗中千百人无后山此二句。"（《瀛奎律髓汇评》卷二十六）诗的第一句连用五个仄声字；"大杯覆酒著尘埃"句写自己的举动，笔墨夸张而情绪激烈（纪昀说它"野甚"）。总之，从造句、破律到使粗，都带着明显的江西派风味。这是一首次韵之作，前六句说自己，后两句指对方（原唱者）说的，大概是一位年轻学子，所以作者有劝勉的话。

河上

背水连渔屋，　横河架石梁。〔一〕
窥巢乌鹊竞，　过雨艾蒿光。〔二〕
鸟语催春事，　窗明报夕阳。
还家慰儿女，　归路不应长。

【注释】

〔一〕渔屋：渔人所居之屋。梁：桥。

〔二〕"窥巢"句：任渊注"雀（鹊）巢多为乌所窥夺"。"过雨"句：经雨之后，艾蒿显得有光泽。

【评说】

这是描写旅途风光之作。河上行舟，有许多新鲜的感受。"窥巢"一联,上句写动,下句写植;"鸟语"一联,上句承第三句,下句承第四句。明媚的春景和活跃的生命感染了作者的情绪,他愉快地想到,快到家了,可以安慰盼望他回来的儿女了。

宿深明阁二首〔一〕(选一)

窈窕深明阁, 晴寒是去年。〔二〕
老将灾疾至, 人与岁时迁。〔三〕
默坐元如在, 孤灯共不眠。〔四〕
暮年身万里, 赖有故人怜。〔五〕

【注释】

〔一〕深明阁:在陈留(古县名,在今开封东南)佛寺净土院内。绍圣元年(1094),言官攻击黄庭坚修《神宗实录》失实,召至陈留待讯,因寓居佛寺,题其所居曰深明阁。二年(1095),黄被贬至黔州(今重庆彭水)。三年(1096),陈师道为祭扫外祖父墓至陈留,宿深明阁,作此二诗。

〔二〕窈窕:深远,深邃。晴寒:纪昀说,"晴,当作清"。全句说深明阁的清寒情状和黄庭坚暂住时一样。

〔三〕将:携,带。人老则多灾疾。灾疾,双关语,兼指政治上的祸患。下句"迁"亦双关,有岁月迁延与黄庭坚迁谪两义。

〔四〕元:同"原"。如在:如在眼前,身边。

〔五〕故人:黄庭坚被贬黔州,正值曹谱为知州,张祉为通判,相待极亲厚。

【评说】

诗为怀念远谪黔州的朋友黄庭坚而作。首联由宿深明阁的具体感受（深邃清寒）产生联想。次联叹惋人生，暗讽时事。"默坐"二句，写自己怀念朋友的深切：默然而坐，想见音容，如在眼前；孤灯相伴，一夜难眠。结联说黄在黔州有友人照顾，不致大苦，聊可自慰。

东山谒外大父墓〔一〕

土山宛转屈苍龙，　　下有槃槃盖世翁。〔二〕

万木刺天元自直，　　丛篁侵道更须东。〔三〕

百年富贵今谁见，　　一代功名托至公。〔四〕

少日拊头期类我，　　暮年垂泪向西风。〔五〕

【注释】

〔一〕东山：在雍丘（今河南杞县）。外大父：外祖。陈师道外祖庞籍（988—1063），字醇之，单州成武（今属山东）人。大中祥符进士，仁宗时官至参政、宰相，封颍国公，在官有政绩。

〔二〕"土山"句：意谓土山蜿蜒，如苍龙之蟠屈。槃（pán）槃：大的样子，一般用来形容人的才能出众，如言"大才槃槃"。盖世翁：指庞籍。盖世，压倒一世。

〔三〕"万木"二句：纪昀说，"'更须东'三字欠通，任渊注亦附会无理（按，任渊注引《齐民要术》云，'竹性爱西南'，此言'更须东'，谓自己侵道，不须复东引也），余定为'通'字之误。盖此诗三句比庞（籍）之孤直，四句比小人之党尚在"（《瀛奎律髓汇评》卷二十八）。元，同"原"。丛篁，丛生的竹子，喻指小人之党（依纪昀说）。

〔四〕百年富贵：庞籍当年的富贵荣耀。"一代"句：庞籍的功名靠司马光所作的《墓志铭》得以彪炳后代。至公，极公正。

〔五〕拊头：抚头。期：期待。类我：像我。《史记·吕太后本纪》记汉高祖说太子盈"仁弱""不类我"；赵王如意"类我"。

【评说】

这首诗起句如高屋建瓴，苍龙明喻土山，实指庞籍，自然引出"盖世翁"。"万木""百年"二联歌颂与感慨结合，追昔抚今，意蕴深厚。末联说自己作为一代名公的外孙，事业无成，辜负了外祖父"类我"的生前期望，语意至为沉痛。纪昀评曰："一气浑成，后山最深厚之作。"（《瀛奎律髓汇评》卷二十八）

寄潭州张芸叟二首〔一〕（选一）

湖岭一都会，　西南更上游。〔二〕

秋盘堆鸭脚，　春味荐猫头。〔三〕

宣室来何暮，　蒸池得借留。〔四〕

孰知为郡乐，　莫作越乡忧。〔五〕

【注释】

〔一〕潭州：州名，治所在今湖南长沙市。张芸叟：张舜民，字芸叟，邠州（今陕西彬州）人，陈师道的姐夫。官至右谏议大夫，工诗词，有《画墁集》。

〔二〕湖岭：长沙地处洞庭湖与五岭山脉之间。都会：大城市。上游：江河源头以下之一段，诗文往往用来指形势优越之地，李商隐《重有感》诗"玉帐牙旗得上游"。全句说长沙在西南地区地位重要。

〔三〕堆：堆放。鸭脚：菜蔬名，也称鸭掌，葵的一种。因叶似鸭掌，故名。罗隐《秋日怀贾隋进士》诗："晓匣鱼肠冷，春园鸭掌肥。"荐：进，献。猫头：笋名。查慎行说，"'猫头'，长沙笋名"（《初白庵诗评》卷下）。

〔四〕"宣室"二句：大意是，为什么你迟迟没有来到朝廷和皇帝身边呢，是由于地方重任需要借重你。宣室，汉代未央宫前殿正室，贾谊贬为长沙王太傅数年之后，被汉文帝召回长安，接见于宣室，询问鬼神之事，谈得很投机。蒸池，指湘江支流蒸水说。借留，东汉初，寇恂任颍川太守，有治绩。后任执金吾，又随光武帝至颍川，百姓说"愿从陛下复借寇君一年"。后以借留为挽留地方长官的美辞。方回说，"'得借留'，谓不能得留也"（《瀛奎律髓汇评》卷四），似与下联之意不合。

〔五〕"孰知"二句：大意是，做知州是件令人愉快的事，你不要有什么乡思。越乡，离乡。

【评说】

诗当作于元符元年（1098）。主题是慰勉张芸叟，希望他安心在长沙做官（唐宋人以做京官为荣，不愿做地方官），说长沙地理优越，时蔬鲜美，大有可乐；至于未能回京，那只是地方借重。江西派诗喜欢寻找一些生僻的、俚俗的诗料，组织成精切的对偶，以求出新。本诗以"猫头"对"鸭脚"，即是极精切的一例，但后人"嫌其太工"（纪昀语）。其《寄侍读苏尚书》有联云，"经国向来须老手，有怀何必到壶头"，"老手""壶头"，后人又认为"究属未工"，不能看作名句，因为"老"与"壶"词类不同。

怀远

海外三年谪，　天南万里行。〔一〕
生前只为累，　身后更须名。
未有平安报，　空怀故旧情。
斯人有如此，　无复涕纵横。

【注释】

〔一〕"海外"句：哲宗绍圣四年（1097）四月，苏轼自惠州再贬海南，昌化军安置，七月至贬所。至元符三年（1100），已前后三年。

【评说】

这首诗是为怀念远谪海南的苏轼而写的。第二联认为生前已为盛名所累，身后何须空名。第四联说，这样的人竟有这样的遭遇，伤情、愤慨、痛惜，都成了多余的事。全篇意思深沉，笔力坚实，感情真挚，语言却平易，不借助艰涩与生僻的字句。

早起

邻鸡接响作三鸣，　残点连声杀五更。〔一〕

寒气挟霜侵败絮，　宾鸿将子度微明。〔二〕

有家无食违高枕，　百巧千穷只短檠。〔三〕

翰墨日疏身日远，　世间安得尚虚名。〔四〕

【注释】

〔一〕点：古代报时，分一更为五点。杀（shài）五更：等于说五更已尽，天色已明。杀，有停止、结束义。上句"三鸣"，即（鸡）鸣三遍。

〔二〕宾鸿：大雁为候鸟，去留如宾客，故云。《礼记·月令》"鸿雁来宾"，孔疏，"鸿雁来宾者，客止未去也，犹如宾客"。将：携，带。子：指小雁说。微明：指天色说。

〔三〕违高枕：不能做到高枕无忧。"百巧"句：大意是说，想尽种种办法，仍落得困顿贫苦。作者《寄单州张朝请》诗，"百巧成穷发自新"；苏轼《八月十日夜看月有怀子由并崔度贤良》诗，"宛丘先生自不饱，更笑老崔穷百巧"。短檠（qíng），短的灯架。韩愈《短灯檠歌》，以短灯檠喻贫贱，以长灯檠喻富贵。

〔四〕翰墨：指文章之事。身日远：自身离平日生活理想（当然也包括仕进）日益遥远。屈原《涉江》，"鸾鸟凤皇，日以远兮"。

【评说】

此诗前半写景，语气沉重；后半抒情，情绪激愤。情景虽分写，却是融为一体相生相衬的。后世诗论家感兴趣的，是对偶句法。"有家无食"与"百巧千穷"不相对（百、千是数词），但"有家"对"无食"，"百巧"对"千穷"，是所谓句中对。这虽然不是江西诗派的创造和独擅，但江西诗人喜欢这样的变化，而且刻意为之，力求精致。

雪中寄魏衍〔一〕

薄薄初经眼，　辉辉已映空。

融泥还结冻，　落木复沾丛。

意在千山表，　情生一念中。〔二〕

遥知吟榻上，　不道絮因风。〔三〕

【注释】

〔一〕魏衍：字昌世，彭城（今江苏徐州）人，陈师道的学生。曾编辑师道诗文稿为《彭城陈先生集》。

〔二〕"意在"句：元符元年（1098）秋，魏衍与母亲移居沛县。作者《送魏衍移沛》诗云，"勿云百里远，已作千山愁。念子舍我去，谁复从我游"。"情生"句：用王徽之雪夜访戴逵故事。徽之居山阴，雪夜酌酒，忽忆戴逵，随即冒雪乘船向剡溪，经宿方至；又未入门而返。人问其故。徽之说，吾本乘兴而来，兴尽而返，何必见戴。（见《世说新语·任诞》）"情生一念中"，即指访戴事。

〔三〕"不道"句：谢安家集时，正值下雪。谢安说"白雪纷纷何所似"，侄子谢朗说，"撒盐空中差可拟"，侄女谢道韫说，"未若柳絮因风起"。后世传为才女佳话。

【评说】

这首诗的主题是咏雪怀友。前四句咏雪，全用禁体（所谓禁体，指咏物时限定不用某些相关字眼，如咏雪不用雪、银、白等字），而自薄薄经眼、辉辉映空，到融泥结冻、落木沾丛，把雪景描绘得极为鲜明，极富动态。后四句怀念自己最为知赏的学生，"意在"二句，不着痕迹地用了王徽之雪夜访戴的典故，雪天独坐，神思独运，心理状态和情感活动既细微又活脱。最后两句，设想面对如此好景，魏衍也在作诗，而且要比备受称扬的谢道韫的雪诗高妙得多，用的是翻案法。

早春

度腊不成雪，　迎年遽得春。〔一〕
冰开还旧绿，　鱼喜跃修鳞。〔二〕
柳及年年发，　愁随日日新。
老怀吾自异，　不是故违人。〔三〕

【注释】

〔一〕"度腊"二句：腊月没有下雪，新年的春天来得快。

〔二〕修：长，引申为善、美。修鳞形容鱼鳞之美。

〔三〕"老怀"二句：人到老境，情怀自会有所变化，不是有意地要与他人相违相反。任渊注引《南史》，沈怀文素不饮酒，又不好戏。宋孝武帝认为他存心立异。谢庄告诫怀文不可如此，以免招祸。怀文说，不是有心与众不同，而是本性不能与人同。

【评说】

诗的前四句描绘早春景象，冰开鱼跃，绿水依然；其中"还""跃"等字，所谓句中有眼，突出了蓬勃的生机。后四句触物兴感，因景及情。用经过精心锤炼而又自然淡雅的语句，来刻画新气象，表达自己耿介持正，不愿依违世俗的旧情怀，两相映照，意味深厚。

元符三年七月蒙恩复除棣学喜而成诗〔一〕

老作诸侯客，　贫为一饱谋。〔二〕

折腰真耐辱，　捧檄敢轻投。〔三〕

早作千年调，　中怀万斛愁。〔四〕

暮年随手尽，　心事许溟鸥。〔五〕

【注释】

〔一〕除：授官。棣（dì）学：棣州学官。棣州治所在厌次（今山东惠民）。《后山诗注》年谱，元符三年（1100）"正月，徽宗即位。七月，除棣州教授，其冬往赴。未至间，十一月除秘书省正字"。

〔二〕诸侯客：指家贫无以自资，或依人寄食，或任学官一类微职。诸侯，指州郡官说。

〔三〕"折腰"句：反用陶渊明不为五斗米折腰故事，意思是经常为衣食折腰，真能忍耐耻辱。耐辱，唐诗论家司空图自号耐辱居士。"捧檄"句：捧着任职的文书，不敢轻易抛掷。东汉人毛义家贫，得到做县令的任命，以手捧檄而入，喜动颜色。张奉见了很鄙薄他。

后来母亲去世，毛义就不再出仕。张奉感叹说："往日之喜，乃为亲屈也。"（见《后汉书》卷三十九）

〔四〕早：早年，壮年。千年调：极其长远的打算。作者《卧疾绝句》诗"一生也作千年调，两脚犹须万里回"，任渊注引寒山子诗，"人是黑头虫，刚作千年调"。又，王梵志诗："世无百年人，强作千年调。打铁作门限，鬼见拍手笑。"中：中年。

〔五〕随手：转手之间，随即，极言容易。任渊注引白居易诗"百年随手尽"。溟鸥：等于说海鸥。

【评说】

作者的许多诗篇，都饱含着真情；这种真，无例外地体现作者人格的美。本篇亦是如此。"折腰真耐辱，捧檄敢轻投"，紧承"贫为一饱谋"，坦诚吐露，洞见肺腑，无限悲凉，亦有激愤。纪昀说："三四句人不肯道，弥见其真，弥见其高。五六接得挺拔，势须有此一拓一振。"（《瀛奎律髓汇评》卷六）

和李使君九日登戏马台〔一〕

登高能赋属吾侪，　不用传杯击钵催。〔二〕
九日风光堪落帽，　中年怀抱更登台。〔三〕
江山信美因人胜，　黄菊逢辰满意开。
二谢风流今复见，　千年留句待君来。〔四〕

【注释】

〔一〕李使君：汉乐府《陌上桑》，"使君从南来，五马立踟蹰"，后世以使君称州郡长官。这位李使君当是徐州知州，名未详。戏马台：在徐州城南，即项羽掠马台。

〔二〕登高能赋：《韩诗外传》引孔子语，"君子登高必赋"；《汉书·艺文志》，"登高能赋，可以为大夫"。后世以此指有文学才华。吾侪（chái）：吾辈，我们。"不用"句：极言才思敏捷。传杯，疑即用曲水流觞（流杯）故事。古代风俗，三月上巳，于水滨洗濯，以被不祥，并游乐聚饮。后来以三月三日为曲水流觞之乐。置杯于环曲水渠中，杯流所止，当即取饮，与催诗无直接关系。击钵催诗，见《南史·王僧孺传》。南齐竟陵王萧子良夜集文士作诗，刻烛一寸，限作四韵，萧文琰犹以为迟，乃与丘令楷、江洪等共打铜钵立韵，击钵之声止，诗即成。

〔三〕落帽：重九登高的美谈，详见《九日寄秦观》注〔五〕。

〔四〕二谢：杜甫《解闷》其七"熟知二谢将能事，颇学阴何苦用心"，仇兆鳌注，"二谢，谓谢灵运、谢朓。阴何，谓阴铿、何逊"。谢灵运，南朝宋著名作家，开山水诗派。谢朓，南朝齐著名诗人，其山水诗继承并发展了谢灵运的传统。"千年"句：大意是说，前人面对大好风光未曾写出的佳句，留待您来续作。任渊注引苏轼诗，"此中有句无人见，留与襄阳孟浩然。"

【评说】

九月九日重阳节，作者与李使君同登徐州戏马台并赋诗，李为首倡，作者和此，所以第一句就说登高能赋，不须击钵催诗。这不单说才思敏捷，更为重要的是表达了畅快的心情。这首诗的基调就是畅快。"九日"二句，用一个"堪"字、一个"更"字，使常见的典故显得鲜活，有力地烘托了乐观的积极进取的精神风貌。第三联以愉悦之心观览秋景：江山美好，而借人出胜；黄菊逢时，开得更为惬意。第四联以二谢风流映照今日之盛，扣题作结。全诗气象开阔，语言骏爽，情绪饱满，在陈诗中别具一格；正如杜甫《闻官军收河南河北》被后人视为作者平生第一快诗一样。

宿合清口〔一〕

风叶初疑雨，　晴窗误作明。
穿林出去鸟，　举棹有来声。〔二〕
深渚鱼犹得，　寒沙雁自惊。〔三〕
卧家还就道，　自计岂苍生。

【注释】

〔一〕合清口：地名，当在今山东境内。元符三年（1100）冬，作者自彭城（今江苏徐州）赴棣州教授任，沿水路北上经此。

〔二〕"穿林"句：离林的鸟穿林而出。出，从树林出；去，离林远去。

〔三〕"深渚"句：大意是说，游于深水，或可以怡然自得。又，《诗经·小雅·正月》，"鱼在于沼，亦匪克乐，潜虽深矣，亦孔之炤（昭）"，则是说鱼无论游于浅沼或潜于深水，都不能避祸。

【评说】

这首诗前四句写景。一阵风来，树叶簌簌作响，疑是雨声；一缕晚霞反映窗纸，误以为天明。船来举桨击水之声，惊动已经归林之鸟穿林而出。对夜色的描绘，可谓精妙入神，所以深得后人激赏，认为不但要有真学问，而且要有真兴会，才能"手挥目送，役使群物，刻划化工"（延君寿《老生常谈》）。"深渚鱼犹得，寒沙雁自惊"，纪昀说是"托意，非写景"，所论亦深刻。时当徽宗即位之初，政局暂时好转，苏轼等人已遇赦北归；但前几年元祐党人接二连三地受到打击迫害，仍使作者心悸。他赴任棣州教授，心情也是矛盾重重的。所以最后说，无论是退隐（卧家）还是出仕（就道），都只是出于自家打算，谈不上为百姓着想。这样真挚诚实的肺腑之言，实在令人感动。

绝句

云海冥冥日向西，　春风欲动意犹微。〔一〕

无端一棹归舟疾，　惊起鸳鸯相背飞。〔二〕

【注释】

〔一〕冥冥：昏暗的样子。"春风"句：一作"春风著意力犹微"（见任渊注引魏衍说），义长而意顺。

〔二〕无端：在这里作不料、不意解，表示意外。

【评说】

这首绝句是早春即景之作。云海浓重，冬气犹盛；春风有意催暖，而力量尚微。鸳鸯本是偕游并飞的，不料一叶归舟，举桨疾行（因为舟中人归心似箭），惊得它们相背而飞。动态写得很形象，出于对事物观察捕捉的敏锐迅捷，不见得有什么特别的寓意。

潘大临

潘大临（1057—1106），字邠老，黄州（今湖北黄冈）人。尝举于有司，无人知其才而拔擢之，终老布衣。与苏轼、黄庭坚、张耒交游。"山谷尝称邠老天下奇才也。……年未五十已殁，良可惜也。"（《潘子真诗话》）著有《柯山集》，已佚。今存《潘邠老小集》（《两宋名贤小集》本）。存诗共24首。

江上晚步（四首选三）

白鸟没飞烟，　微风逆上船。〔一〕
江从樊口转，　山自武昌连。〔二〕
日月悬终古，　乾坤别逝川。
罗浮南斗外，　黔府古河边。〔三〕

西山连虎穴，　赤壁隐龙宫。〔四〕
形胜三分国，　波流万世功。〔五〕
沙明拳宿鹭，　天阔退飞鸿。〔六〕
最羡鱼竿客，　归船雨打篷。

落日春江上，　无人倚杖时。〔七〕

私蛙鸣鼓吹，　官柳舞腰支。〔八〕

猎远频翻臂，　渔深数治丝。〔九〕

我犹无彼是，　风岂有雄雌。〔一〇〕

【注释】

〔一〕白鸟：白色羽毛的鸟，如白鹤、白鹭等。没（mò）：隐没。上船：上水船。

〔二〕江：长江。樊口：地名，在今湖北鄂城西北，长江南岸，形势险要。武昌：今湖北鄂城，在长江南岸。苏轼《赤壁赋》，"西望夏口，东望武昌，山川相缪，郁乎苍苍"，武昌（鄂城）在赤壁对岸偏东，夏口（在今武汉三镇之武昌）在黄州赤壁之西。武昌多山，且起伏连绵，又可参见苏辙《武昌九曲亭记》。

〔三〕罗浮：山名，在今广东东江北岸，增城、博罗、河源等县间，风景优美，自古为游览胜地。南斗：星名，南斗六星，即斗宿。黔府：指黔州，治所彭水县（今属重庆）。古河：指巴江，自西南向东北流，入黔州，折向西北，经黔州、涪州注长江，似即今之乌江，长江著名支流。一作"若何"，于义未顺。

〔四〕西山：指樊山，在武昌（鄂城）之西，故又名西山，与赤壁隔江相对。赤壁：在黄州州治黄冈县（今属湖北）西，亦名赤鼻矶。赤壁之战的所在地赤壁，约有五说。一般认为，以今之湖北赤壁市西北赤壁山为是。黄冈赤壁因苏轼名作而知名，故名"东坡赤壁"。

〔五〕"形胜"二句：在赤壁这个形胜之地，奠定了三国鼎立的局面；滔滔江水，一直在歌颂周瑜等人的不朽功勋。

〔六〕拳：通"踡"，踡缩。宿鹭：在沙滩上栖宿的鹭鸟。"天阔"句：在开阔遥远的天空飞去的鸿雁，看起来像是退飞。这是人们常有的一种视觉错觉。《春秋》僖公十六年记载："正月戊申朔，陨石于宋五。是月，六鹢退飞过宋都。"后人对其叙事之严密有序，极为赞叹。

〔七〕"无人"句：在宁静无人之时，倚杖观览。

〔八〕"私蛙"句：写蛙的欢鸣。私蛙，晋惠帝（司马衷）生性痴愚，尝在华林园闻虾蟆声，对左右说，此鸣者为官乎？私乎？有人回答他，在官田者为官，在私田者为私。鼓吹（chuì），用鼓、钲、箫、笳等乐器合奏的乐曲，《乐府诗集》录有《鼓吹曲辞》。官柳：官府种植的柳树，亦可泛指。腰支：同"腰肢"。

〔九〕"猎远"二句：向远处追猎，频频扬起弓把；向深处捕（钓）鱼，不断整治（加长）钓丝。臂，弓把。

〔一〇〕"我犹"二句：我尚且把彼此、是非看成一样，不加区别，风还分什么雌雄呢？无彼是，语出《庄子·齐物论》，"是（此）亦彼也，彼亦是（此）也；彼亦一是非，此亦一是非"，表达了庄子齐是非、齐万物的思想。雌雄风，语出宋玉《风赋》，"故其风中人状，直憯凄悷慄，清凉增欷，清清泠泠，愈病析酲，发明耳目，宁体便人，此所谓大王之雄风也。……故其风中人状，直憯溷郁邑，殴（驱）温致湿，中心惨怛，生病造热……此所谓庶人之雌风也"。

【评说】

潘大临是黄州人，自然热爱黄州的山水胜迹。这组诗共四首，这里选第一、第三和第四首。第一首写乘舟泛江所见景色，并由此而联想到曾在黄州生活过五年的苏轼，又进而怀念黄庭坚。苏、黄是作者所崇敬、所师法的大诗人，现在远贬惠州与黔州，不知情形如何。第三首写赤壁、西山的虎踞龙盘之势，缅想这个古战场曾发生过的惊天动地的历史事件，心中感动不已；但看看沙明天阔、宿鹭飞鸿的眼前景物，又觉得渔樵之隐是最值得的。前后二层，形成鲜明的对照。第四首写在春日余晖下漫步江皋，听蛙观柳，欣赏渔猎，在享受自然中感到满足，产生了超然物外、齐一是非的思想。以内容和情感言，组诗显然受到苏轼《赤壁赋》和《念奴娇·赤壁怀古》词的影响。它描写壮阔伟丽的大自然，缅怀历史英雄人物的丰功伟绩，寄寓有关宇宙人生的感慨。以诗的创作特色言，首先是对仗精工，笔力雄健，尤其是"日月"一联写时间的永恒和人事的多变，"形胜"一联写赤壁之战的伟烈，都极壮阔，极有声色。其次是用典多而灵巧，极富新鲜感，如"天阔"句、"私蛙"句和"我犹"二句的用典，都有以故为新之妙；"私蛙"对"官柳"，从诙谐戏谑中见智慧，可以说是化腐朽为神奇。总之，在诗的技巧与风格方面，兼有杜甫和黄庭坚的影响。姚埙评曰："大气鼓荡，笔力健举。王直方所云'使老杜复生，须共潘十厮炒'。不得以有空意无实力少之。"（《宋诗略》卷九）

答王立之惠书〔一〕

归自江南即定居，　漫劳亲友问何如。〔二〕
刚肠肯为藜羹转，　病骨聊凭竹杖扶。〔三〕
南圃土腴千树橘，　东湖春水百金鱼。〔四〕
明年生计应堪说，　待倩君侯买异书。〔五〕

【注释】

〔一〕王立之：王直方，字立之，汴京（今开封）人，属江西诗派。惠：赐，赠。

〔二〕漫劳：枉劳。杜甫《宾至》诗"岂有文章惊海内，漫劳车马驻江干"，在这里似有不劳之意。

〔三〕"刚肠"句：大意说自己胃肠（消化）不大好。刚肠，刚直的心肠，语出嵇康《与山巨源绝交书》，这里借用实指。肯，不肯。藜羹，用嫩藜煮成的羹，指粗糙的饮食。

〔四〕千树橘：吴丹阳太守李衡在武陵氾州作宅，种甘橘千株，并常称道司马迁"江陵千树橘，当封君家"的话，临死谓子曰，我有木奴千头，可足家用。（见《三国志·吴书·三嗣主传》裴注引《襄阳记》）后世常用千树橘指以种果树代置田产。东湖：与上句之南圃均系泛指。百金鱼：价值百金之鱼产，百金是夸张之辞。

〔五〕倩（qiàn）：请。君侯：本为对列侯或地方高级长官的尊称，这里指王立之。异书：奇书。

【评说】

这首诗从自己的生活和健康说起，最后扣题，答谢朋友赠书。主要表达安贫乐道、愿以读书自娱的思想感情。

【附录】

潘大临有一脍炙人口的名句："满城风雨近重阳。"据惠洪《冷斋夜话》卷四载，"黄州潘大临，工诗……临川谢无逸以书问有新作否？潘答书曰：'秋来景物，件件是佳句，恨为俗氛所蔽翳。昨日清卧，闻搅林风雨声，欣然起，题其壁曰，满城风雨近重阳。忽催租人至，遂败意，止此一句奉寄。'"有人"笑其迂阔"（见《冷斋夜话》引）；有人认为"文章之妙，至此极矣"（吕本中《东莱诗集》卷四）；有人不同意"迂阔"之说，认为"亦可见思难而败易也"（葛立方《韵语阳秋》卷二）；有人以此与"高台多悲风""明月照积雪""池塘生春草""枫落吴江冷""落叶满长安"等千古名句并举，列为"诗有以单句神妙，脍炙千古者"（吴文溥《南野堂笔记》卷十）。这句诗笔致雄浑，气氛浓重，音节浏亮，应该肯定它是佳句。数百年间传为诗坛议论资料，续作赓和者亦代不乏人，自有它的道理。今附记于此，以资参考。

王直方

王直方（1069—1109），字立之，号归叟，汴京（今河南开封）人。以娶宗室女入仕，补承奉郎，监怀州酒税，改冀州佥官，后不复出。家有园林，苏轼、黄庭坚等人尝集会其中，以是闻名。直方爱读书，手自传录。患风痹，卧病逾二年，卒年40岁。著有《归叟集》，已佚。存诗4首。

上巳游金明池〔一〕

游丝堕絮惹行人，　酒肆歌楼驻画轮。〔二〕

凤管遏回云冉冉，　龙舟冲破浪粼粼。〔三〕

日斜黄伞归驰道，　风约青帘认别津。〔四〕

朝野欢娱真有象，　壶中要看四时春。〔五〕

【注释】

〔一〕上巳：节日名，古以三月上旬的巳日为"上巳"，魏晋以后多改在三月三日，是日官民洁于水滨，被除不祥，并聚游玩赏。金明池：在汴京（今开封）西郑门西北，周回九里。后周世宗谋伐南唐，凿此池以习水战。宋太祖曾设置神卫水军。徽宗于池周建殿宇，成为皇帝与朝臣游宴之地。

〔二〕丝：蛛丝。絮：柳絮。惹：招惹，沾惹。驻：停驻。画轮：有彩绘的车轮，指代华美的车子。

〔三〕"凤管"句：悠扬的音乐声响遏行云。凤管，即笙。遏，阻遏，《列子·汤问》载，秦青"抚节悲歌，声振林木，响遏行云"。龙舟：帝王所乘大船，龙形或饰有龙纹。

〔四〕黄伞：黄罗曲柄伞，天子仪仗之一种。驰道：车马驰行的大道。秦并六国，曾大修驰道，这里指汴京城中的御道。青帝：酒帘，酒店的幌子。别津：泛指汴京城内众多的水道和码头。别，另出的；津，渡口。

〔五〕"壶中"句：大意是说，从上巳游春看到了四季如春的太平景象。壶中，壶中天地，道教所称仙境。据《云笈七签》卷二十八，施存"学大丹之道……后遇张申为云台治官，常悬一壶如五升器大，变化为天地，中有日月，如世间"。

【评说】

这首诗当作于徽宗朝。通过对上巳节汴京城中游乐之盛、朝（皇家）野（市民）之欢的描写，歌颂太平，风格类似应制诗。虽然它写的是虚假的繁荣，但就诗而言，却能做到避免堆砌和过分华靡，力求句有余韵。方回选此诗，则是由于引起了兴亡之痛。他说："选此诗以为汴京升平之盛，可梦不可见，恐亦不可梦也。呜呼，痛哉!"（《瀛奎律髓汇评》卷五）李清照作于南渡后的名篇《永遇乐》（落日熔金）词，有描写"中州盛日"的句子，也曾引起南宋末诗人刘辰翁的感慨流涕。

汪 革

汪革（1071—1110），字信民，抚州临川（今江西抚州）人。绍圣四年（1097）进士。任潭州、宿州教授，改宗子学博士；大观年间（1107—1110）又出任楚州教授，卒于任。著有《清溪集》，已佚。存诗5首。

寄谢无逸〔一〕

问讯江南谢康乐，　溪堂春木想扶疏。〔二〕
高谈何日看挥麈，　安步从来可当车。〔三〕
但得丹霞访庞老，　何须狗监荐相如。〔四〕
新年更励於陵节，　妻子同锄五亩蔬。〔五〕

【注释】

〔一〕谢无逸：谢逸，字无逸，江西派诗人。

〔二〕谢康乐：谢灵运，会稽（今浙江绍兴）人，东晋名将谢玄之孙，袭封康乐公。南朝宋著名文学家，开创山水诗派，对后世影响很大。这里以康乐指无逸。在酬赠中提起与对方同姓的前代名人，在唐宋时已是常用的客气，同姓不一定是祖先与后裔的关系。溪堂：

谢逸所居之地。想扶疏：想来已是枝条纷披十分茂盛了。陶渊明《读山海经》之一，"孟夏草木长，绕屋树扶疏"。

〔三〕挥麈：甩动拂尘。麈，驼鹿尾做的拂尘。晋代清谈家每每挥麈助谈，后因以挥麈代谈论。"安步"句：《战国策·齐策四》记颜斶对宣王曰，"斶愿得归，晚食以当肉，安步以当车"，后以不乘车而从容步行为安步当车。

〔四〕庞老：当指庞德公，东汉末襄阳（今湖北襄阳）人，隐居岘山之南，足迹不入城府，后携其妻子登鹿门山采药不返。江西派诗人很喜欢这位高隐之士，作品里经常提到他。"何须"句：不须狗监（官名，主管猎犬）杨得意来推荐司马相如。《史记·司马相如列传》载，"居久之，蜀人杨得意为狗监，侍上（汉武帝）。上读《子虚赋》而善之，曰：'朕独不得与此人同时哉！'得意曰：'臣邑人（同乡）司马相如自言为此赋。'上惊，乃召问相如"，相如由是受宠信。

〔五〕於陵：战国时齐人陈仲子，因其兄食禄万钟，认为不义；乃迁居楚之於陵，号於陵仲子。楚王欲用为相，与妻逃去，与人灌园。后世诗文多歌颂其高洁节操。

【评说】

这首诗是称扬谢逸的，说他挥麈高谈，安步当车，甘老林泉而鄙薄因人进身。刘克庄说，二谢"弟兄在政（和）、宣（和）间，科举之外，有歧路可进身……二谢乃老死布衣，其高节亦不可及"（《江西诗派小序》）。可见赠诗无虚美之意。全诗除一二拗字外，基本合律，句法也平易疏畅。

和吕居仁春日〔一〕

晏坐黉堂一事无，　居官萧散似相如。〔二〕
偶违浊酒风前约，　不见繁英雨后疏。〔三〕

【注释】

〔一〕吕居仁：吕本中，字居仁，寿州（今安徽寿县）人。著名学者、诗人，《江西诗社宗派图》的作者。

〔二〕晏坐：安坐。黉（hóng）堂：学校校舍，作者曾任学官。萧散：闲散。《西京杂记》载，"司马相如为上林、子虚赋，意思萧散，不复与外事相关"。

〔三〕繁英：盛开的花。疏：稀少；减少。

【评说】

吕本中《师友杂志》说，"崇宁初，予家宿州（今属安徽），汪信民为州教授"，与本中弟揆中及饶节等友人会课诗文。诗当作于此时。由于失去风前把酒、雨后赏花的机会而深感遗憾，本诗确实写出了学官生活极其闲散的特点。

李 彭

　　李彭（生卒年不详），字商老，南康军建昌（县治在今江西永修西北）人。从祖父李常，为黄庭坚之舅，官至户部尚书，有李氏山房，藏书九千余卷。李彭博览强记，诗文富赡，又工书法。时苏庠居庐山，以琴书自娱，彭则灌园于修水之上，二人齐名，称为苏李。今存《日涉园集》（《豫章丛书》本）。存诗727首。

包虎行〔一〕

画师老包气如虹，　解衣醉倒尘泥中。

急呼生绡卧展转，　笔追造化分奇功。〔二〕

须臾奋袂於菟出，　绝壑阴崖啸风月。〔三〕

悬着高堂烟雾深，　观者胆寒俱辟易。〔四〕

谁为彪子与貙孙，　宛陵后叶诸仍昆。

顾视雄姿亦遒紧，　小犊茧栗何劳吞。〔五〕

通玄论成驮贝叶，　大空小空随老衲。〔六〕

何暇与汝同条生，　玄豹丰狐要弹压。〔七〕

【注释】

〔一〕包：指包贵，北宋宣城（今属安徽）人，以画虎著名，世称老包。行：歌行，诗体的一种，如《燕歌行》《兵车行》等。

〔二〕生绡：生丝织成的薄绸，古以生绡作画。展转：转移不定。《诗经·关雎》，"悠哉悠哉，展转反侧"。追：（能）赶上。造化：天地，大自然。

〔三〕奋袂：挥动衣袖。於菟（wū tú）：虎的别称。《左传》宣公四年，"楚人……谓虎於菟"。

〔四〕辟（bì）易：惊退。

〔五〕"谁为"四句：大意是说，包贵的后代继承前人，画虎成为世业；他们的作品（虎子虎孙）也是雄姿英挺，似乎可以轻易地吞下小牛犊。彪，小老虎。虥（zhàn），浅毛虎。宛陵，宣城的古称，这里即指代包贵。后叶，后代。仍昆，子孙。《尔雅·释亲》，"昆孙之了为仍孙"。茧栗，兽角初生时，形如茧、栗，借指牛犊。《礼记·王制》，"祭天地之牛，角茧栗"。

〔六〕通玄论：未详，当是佛教经、论。贝叶：贝叶经，写在贝多罗树（产于印度）叶子上的佛经，这里即指佛教典籍。大空小空：两只皈依了佛法（得道）的老虎。《传灯录》说，裴休访善觉禅师，问他有没有侍者，善觉说有一两个，"唤'大空''小空'，二虎自庵后出"。老衲：老僧。衲，补缀，僧衣常用碎布补缀而成，因以衲衣代称僧衣，以衲代称僧。

〔七〕"何暇"二句：大意是说，画中虎无暇与僧人、佛书生活在一起，急于要到山林中去管领百兽。同条生，黄庭坚《再次韵兼简履中南玉三首》之三，"李侯短褐有长处，不与俗物同条生"，任渊注引《传灯录》，"岩头曰，雪峰虽与我同条生，不与我同条死"。玄豹，黑豹；丰狐，大狐：见《庄子·山木》和《韩非子·喻老》。这里用以指代异兽。

【评说】

在我国画史上，颇有些行为怪诞类似颠狂、创作冲动和过程也很奇特的画家，如张颠、米颠。这首诗先写画师老包如何以独特的方式，须臾之间画出了活生生的老虎；画轴挂于高堂，令观者辟易。再说他的后代如何继承传统，画虎逼肖，似乎要吞下牛犊。末尾两句，可以是观者的悬想，也可以是代拟画中虎的心态，总之是极力描写画师的神技和艺术形象的真实生动。笔墨粗犷淋漓，很有气势，章法亦见跳跃腾挪之力。

漫兴

雁带秋声满，　鸥将暝色归。〔一〕
打窗红叶乱，　裁句碧云飞。〔二〕
好饮酒储尽，　少眠茶梦稀。〔三〕
眷言方外侣，　时送北山薇。〔四〕

【注释】

〔一〕秋声满：等于说一片秋声。秋声指秋天的风吹声、落叶声、虫叫鸟鸣声等，刘禹锡《登清晖楼》，"浔阳江色潮添满，彭蠡秋声雁送来"。将（jiāng）：带，领。

〔二〕裁句：作诗。裁，指取舍斟酌。碧云飞：形容作诗时神思飞翔或吟诵时声音清越，刘勰《文心雕龙·神思》"寂然凝虑，思接千载，悄焉动容，视通万里"，王勃《滕王阁序》"遥襟甫畅，逸兴遄飞"。

〔三〕茶梦：黄庭坚《题默轩和遵老》诗"松风佳客共，茶梦小僧圆"，任渊注引《传灯录》，"沩山谓仰山云，'我适来得一梦，汝试为我原（圆）看'。仰山取一盆水与师洗面。少顷，香岩乃点一碗茶来。师云，'二子见解过于鹙子'"。这里即指梦说。

〔四〕眷（juàn）言：回顾，怀念。眷，又作睠。言是语助词，无义。《诗经·小雅·大东》："睠言顾之，潸然出涕。"方外侣：避世隐居的朋友，也特指僧侣。方外，世外。北山：北邙山，在今河南偃师西北，黄河南岸，其最高处为首阳山。相传武王灭商后，伯夷、叔齐不食周粟，采薇于首阳山（首阳山所在地，其说不一，此取其与诗意近者）。

【评说】

这首诗写秋日的景色、生活和情怀，并通过对"方外侣"的顾念透露自己喜欢隐居生活的超旷态度。诗句修饰得很精致，视觉形象和听觉形象结合得很紧密很协调，也显得丰满、鲜明。"满"字、"乱"字经过了锤炼，虽非首创，仍有新鲜之感。总体风格属于明朗平易一类。

阻风雨封家市〔一〕

往时李成写骤雨，　万里古色毫端聚。〔二〕
行人深藏鸟不度，　便觉非复鹅溪素。〔三〕

龙眠老阮作阳关，　北风低草云埋山。〔四〕

行人客子两愁绝，　未信蒲萄能解颜。〔五〕

两郎了了解人意，　似是画我封家市。〔六〕

戏作新诗排昼睡，　忽有野雁鸣天际。〔七〕

【注释】

〔一〕封家市：地名。

〔二〕李成：五代著名画家，青州益都（今属山东）人。能诗，善琴，尤擅画山水。

〔三〕鹅溪素：鹅溪（在四川盐亭西北）出产的绢，是名贵的画绢。苏轼《与可有诗见寄云待将一段鹅溪绢扫取寒梢万尺长次韵答之》："为爱鹅溪白茧光，扫残鸡距紫毫芒。"

〔四〕"龙眠"二句：指画家李公麟《阳关图》所描绘的塞外风光。李公麟，字伯时，北宋名画家，舒城（今属安徽）人。晚年隐居龙眠山，号龙眠居士。阮籍、阮咸（竹林七贤之二）叔侄，称大小阮。这里以老阮指李公麟。王明清《挥麈录》："元祐中舒州有李亮工者以文鸣荐绅间……李伯时以善丹青妙绝冠世……又有李元中，字画之工追踪钟、王。时号龙眠三李。"录以备考。下句檃栝北朝民歌《敕勒歌》（天苍苍，野茫茫，风吹草低见牛羊）诗意。黄庭坚《题阳关图》："想得阳关更西路，北风低草见牛羊。"

〔五〕蒲萄：葡萄酒。解颜：破愁为喜。

〔六〕两郎：合李成与李公麟而言。了了：清清楚楚。

〔七〕排：排遣，除去。

【评说】

　　一般题画诗，多用真实的生活经历来描绘绘画作品的生动与形象；这首旅况诗则以著名山水画来比拟自己实际生活中亲历的山水风雨。于是，为大风大雨所阻的愁苦，成了艺术鉴赏的一个机遇，构思很巧妙。生活经历的丰富，有助于艺术鉴赏能力的提高；艺术鉴赏素养的增强，可以使生活经历中的审美感受更加敏锐、精到，两者本是相互促进的。

望西山怀驹父〔一〕

去岁湖湘赋凛秋，　闻君江国大刀头。〔二〕

百年会面知几遇，　十事欲言还九休。

照眼遥岑落怀袖，　过眉拄杖立汀洲。〔三〕

莫言青山淡吾虑，　谁料却能生许愁。〔四〕

【注释】

　〔一〕西山：在江西南昌。驹父：洪刍字驹父。

　〔二〕湖湘：洞庭湖与湘江，指代湖南地区。赋凛秋：做悲秋的诗文。宋玉《九辩》："皇天平分四时兮，窃独悲此凛秋。"凛秋，寒冷凄清的秋天。"闻君"句：听说您终于从湖湘回来了。江国，犹言江乡，水乡。大刀头，汉代任立政至匈奴，见到李陵，一边说话，一边手抚刀环。"环"与"还"同音，意在暗示李陵还汉（见《汉书·李陵传》）。后常以大刀头代"还"义。

　〔三〕"照眼"句：景色鲜明的远山就在眼前。照眼，耀眼。遥岑（cén），远山。落怀袖，是自然与人相亲的形象写法，也可喻示心胸的开阔。汀洲：水中（或水边）沙洲。屈原《九歌·湘夫人》："搴汀洲兮杜若，将以遗兮远者。"

〔四〕淡吾虑：减淡我的忧虑。许：如许，这么多。

【评说】

这首诗从朋友赋凛秋、叹坎坷写起，进而感慨知己违隔，世态难言；本想借山水来宽解忧思，不料反而增添了惆怅。中间两联对仗工整，造句劲硬，并夹用拗句，可以看出江西派的特点。

春日怀秦髯〔一〕

山雨萧萧作快晴，　郊园物物近清明。〔二〕

花如解语迎人笑，　草不知名随意生。〔三〕

晚节渐于春事懒，　病躯却怕酒壶倾。〔四〕

睡余苦忆旧交友，　应在日边听晓莺。〔五〕

【注释】

〔一〕秦髯：指秦观。观字少游，扬州高邮（今属江苏）人，北宋著名词人，苏门四学士之一，因其多须，人号秦髯。

〔二〕萧萧：象声词，在这里形容雨声。快：畅快。

〔三〕解语：善解人语。王仁裕《开元天宝遗事》记唐玄宗与贵戚宴赏太液池的千叶白莲花，左右皆叹羡其美丽，玄宗指杨贵妃（玉环）谓左右曰："争如（怎如）我解语花。"后以"解语花"喻美人，这里只是说花解人意。

〔四〕晚节：晚年。杜甫《遣闷戏呈路十九曹长》诗："晚节渐于诗律细，谁家数去酒杯宽。"春事：春天的农事。

〔五〕日边：皇帝身边，朝廷。高蟾《下第后上永崇高侍郎》诗："天上碧桃和露种，日边红杏倚云栽。"又，贾至《早朝大明宫》诗："百啭流莺满建章。"

【评说】

从最后一句对秦观近况的推测来看，本诗当作于绍圣元年（1094）之前。可以作为考证李彭生平的一条资料。诗的前四句写景。"花如"一联，确实把春天雨后花草争妍、欣欣向荣的气象描写出来了。后四句写自己的懒病无赖，并因此而更加怀念（诗用"苦忆"）至友。

谢　逸

谢逸（？—1113），字无逸，号溪堂，抚州临川（今江西抚州）人。少孤，博学工文辞，操履峻洁。屡举进士不第，终老布衣，然以诗文名一时。黄庭坚曾说："使斯人在馆阁，当不减晁（补之）、张（耒）。"李商老谓其文步趋刘向、韩愈。有《溪堂集》（《豫章丛书》本）。存诗234首。

寄隐居士

先生骨相不封侯，　卜居但得林塘幽。〔一〕
家藏玉唾几千卷，　手校韦编三十秋。〔二〕
相知四海执青眼，　高卧一庵今白头。〔三〕
襄阳耆旧节独苦，　只有庞公不入州。〔四〕

【注释】

〔一〕骨相：人的骨骼相貌。古人以骨相推论人的性、命，《隋书·赵绰传》载，"上（隋文帝）每谓绰曰，朕于卿无所爱惜，但卿骨相不当贵耳"。卜居：用占卜的方法选择居地，后泛指择地而居。

〔二〕"家藏"二句：说隐居士藏书很多，读书很勤。玉唾，珍贵的典籍。据《拾遗记》，孔子未生时，"有麟吐玉书于阙里人家"。韦编，用熟牛皮条串编而成的竹简。《史记·孔子世家》："孔子晚而喜《易》……读《易》，韦编三绝。"后世以韦编代《易》或泛指古籍，以韦编三绝代勤学苦读。

〔三〕"相知"句：相知之人满四海，但隐居士很少给谁青眼。晋代阮籍能为青白眼，对所喜爱或敬重的人物正眼（青眼）相看。

〔四〕"襄阳"二句：大意是说，在隐士中间，您是节操特别清苦高洁，足迹不入城市的。耆旧，年高德劭有声望的人。庞公，指庞德公，汉末襄阳人，居岘山之南，足迹不入城府，为诸葛亮等人所尊事。杜甫《遣兴》诗："襄阳耆旧间，处士节独苦。"

【评说】

这首诗赞美一位茅庵高卧、以读书为乐、足迹不入城市的清节之士，把他比作庞德公。全篇八句四韵，中二联对偶工整，是律诗的写法，平仄格律却不循律诗要求，语言也力求瘦劲，正体现了江西诗派的风格。

送董元达〔一〕

读书不作儒生酸，　跃马西入金城关。〔二〕
塞垣苦寒风气恶，　归来面皱须眉斑。〔三〕
先皇召见延和殿，　议论慷慨天开颜。〔四〕

> 谤书盈箧不复辩，　脱身来看江南山。〔五〕
>
> 长江滚滚蛟龙怒，　扁舟此去何当还。
>
> 大梁城里定相见，　玉川破屋应数间。〔六〕

【注释】

〔一〕董元达：董逵，字元达，似曾经营西北军事。黄庭坚《次韵徐仲车喜董元达访之作南郭篇四韵》，"董侯从军来，意望名不朽"，具体事迹未详。

〔二〕金城关：故址在今甘肃兰州市西北，北周时置金城津，隋代改津为关。

〔三〕塞垣：边远地带。风气：气候。

〔四〕先皇：去世的皇帝，前代皇帝。延和殿：宋宫殿名，《宋史》卷八十五，"（崇政殿后偏西）有殿北向，曰延和，便坐殿也"。

〔五〕"谤书"句：受到诽谤也不置辩。魏文侯令乐羊为将，攻中山，费时三年；其间颇有人怀疑乐羊，文侯置之不理。获胜归来后，"文侯示之谤书一箧"（见《战国策·秦策二》）。这个故事原在说明君上对臣下的信任。谤书，攻击或揭发他人罪责的文书。

〔六〕"大梁"二句：大意是说，（你将来还会还朝任职）我一定能在京城拜见你，我则仍然在几间陋室里过隐居生活。大梁，即汴京（开封）。玉川，唐代诗人卢仝，号玉川子，隐居不仕。韩愈《寄卢仝》诗："玉川先生洛城里，破屋数间而已矣。"这里借用来指自己隐居处。谢薖《次刘世基韵》，"昨来卜居向岩邑，玉川破屋才数间"，也是自指，不是指对方。

【评说】

　　这首诗赞美一位豪爽洒脱、有侠士之风的朋友。他虽是书生，却从军西北，经营边防，受到了风霜的磨励，又具备卓越的见识，召对便殿，深得赏识。但他不汲汲功名，不抗辩诽谤，飘然引退，放浪江湖。诗写得顺畅奔放，很有气势，不屑于琐细的刻画，而是用粗大的笔触来突出朋友的精神气质。

豫章别李元中宣德〔一〕

旧闻诸李隐龙眠，　伯时已老元中少。〔二〕

一行作吏各天涯，　故人落落疏星晓。〔三〕

西山影里识君面，　碧照章江眸子瞭。〔四〕

向来问道渺多歧，　只今领略归玄妙。〔五〕

老凤垂头噤不语，　古木查牙噪春鸟。〔六〕

身在幕府心江湖，　左胥右律但坐啸。〔七〕

第愁一叶钓鱼舟，　不容七尺堂堂表。〔八〕

我今归卧灵谷云，　君应紫禁莺花绕。〔九〕

相思有梦到茅斋，　细雨青灯坐林杪。〔一〇〕

【注释】

　　〔一〕豫章：洪州（治所在今南昌）古称豫章郡。李元中：李宣德，字元中，舒州舒城（今属安徽）人。

　　〔二〕伯时：李公麟，字伯时，舒城人。北宋著名画家，官至朝奉郎。后告老回乡，隐居龙眠山（在今舒城县西南数十里），号龙眠居士。按，宣德当是伯时的子侄辈，参见李彭《阻风雨封家市》诗注〔四〕。

〔三〕一行作吏：一经作官。落落：零落。陆机《叹逝赋》，"亲落落而日稀"。疏星晓：等于晨星寥落。

〔四〕西山：在南昌市新建区，为洪州名胜。眸（móu）子瞭（liǎo）：眼神清明。眸子，眼珠。瞭，眼珠明亮。

〔五〕道：道路，引申为人生哲学、人生道路。多歧：《列子·说符》记杨子之邻居失羊，众人追之不得，因为歧路太多。玄妙：《老子》第一章"玄之又玄，众妙之门"，译作"极远极深，它是一切微妙的总门"（任继愈）。在这里指老庄思想。老庄思想的一个基本内容是清静无为，与第一句"隐龙眠"照应；又特指李宣德在诸家学说中选择了道家。

〔六〕"老凤"二句：大意是说，后辈能继承前辈，发扬家风。李商隐《韩冬郎即席为诗相送一座尽惊他日余方追吟连宵侍坐徘徊久之句有老成之风因成二绝寄酬兼呈畏之员外》诗："桐花万里丹山路，雏凤清于老凤声。"以雏凤比韩偓（冬郎），以老凤比其父韩瞻，夸赞冬郎比其父亲更有才华。查牙，同"楂枒"，树枝横错的样子。

〔七〕"左胥"句：依靠胥吏和条例办理公事，自己可以清闲啸歌。胥，胥吏，官府中处理日常文牍的小吏。啸，嘬口出声；啸歌，啸傲，常用以形容闲适自在，无拘无束。

〔八〕第：但，只。

〔九〕灵谷：山名，在江西临川东南，附近有灵运池，大诗人谢灵运为临川内史时，常游于此。"君应"句：你会前程无量，官做到皇帝身边去。紫禁，皇帝所居之地，宫城。

〔一〇〕"相思"二句：大意是说，你（富贵之后）如果想念我而梦见我，当"看到"我在林间茅屋、细雨青灯之下，过着清苦的读书生活。杪（miǎo），本指树木的末梢。

【评说】

这首诗开头四句总写龙眠诸李，并略及交往情况。中间一大段，"西山"四句写李宣德的风采思想，用青山绿水来衬托他的身影和眼神，有不着一字，尽得风流之妙。"老凤"六句进一步发挥，赞美朋友文采才华胜过父辈，而又超旷洒脱，行止清高。最后四句说我将归老林泉，你将青云直上，怀友做梦的时候你当然会到山间茅舍里来看我的。梅尧臣《梦后寄欧阳永叔》诗："不趁常参久，安眠向旧溪……山王今已贵，肯听竹禽啼。"两者构思造句都不同，但有一点却是相通的：用轻松幽默的语气来表达真诚亲密的友谊。比较起来说，梅诗稍嫌直白，而本诗最后两句更为含蓄曲折，富有韵味。惠洪说："临川谢无逸……尤工于诗，黄鲁直阅其与老仲元诗曰'老凤垂头噤不语，古木查牙噪春鸟'，大惊曰'张、晁流也'。"（《石门文字禅》卷二十七）张耒和晁补之是苏门著名文士，黄庭坚对谢逸的评价是很高的。

铁柱观〔一〕

豫章城南老子宫，　阶前一柱立积铁。
云是旌阳役万鬼，　夜半舁来老蛟穴。〔二〕

插定三江不沸腾，　切勿摇撼坤轴裂。〔三〕

苍苔包裹鳞皴皮，　我欲摩挲肘屡掣。〔四〕

旌阳挈家上天去，　只留千夫应门户。

西山高处风露寒，　兹事恍惚从谁语。〔五〕

安得猛士若朱亥，　袖往横山打狂虏。〔六〕

【注释】

〔一〕铁柱观：道教宫观（诗中称老子宫），在南昌。《能改斋漫录》云：“晋许真君为旌阳令。时江西有蛟为害，旌阳与其徒吴猛仗剑杀之，遂作大铁柱以镇压其处。今豫章有铁柱观，而柱犹存也。”按，许逊，晋代汝南人，家南昌，曾为旌阳（故治在今湖北枝江）县令。传说后来在洪州西山得道成仙，全家四十余口拔宅飞升。宋封神功妙济真君，世称许旌阳、许真君。

〔二〕舁（yú）：抬。

〔三〕三江：《尚书·禹贡》有三江，解释不一。《初学记》引郑玄说，以今赣江、岷江（长江）、汉江为三江。本诗当取此说，用以指赣江、鄱阳湖、长江一带水域。坤轴：古人想象的地轴。张华《博物志》说，昆仑山北地下有四柱，四柱广十万里，地有三千六百轴，犬牙相举。

〔四〕摩挲（suō）：抚摩。肘屡掣：掣肘，本意比喻牵制留难他人做事，这里只是说想摸摸铁柱而又不敢伸手。

〔五〕兹事：许逊立铁柱和得道飞升之事。恍惚：模糊；难以细究。

〔六〕朱亥：战国时魏国力士，以屠为业，曾击杀魏将晋鄙，助信陵君夺取兵权，解赵都邯郸之围。横山：山名，在今陕西北部榆林、横山、靖边一线之南，为宋与西夏对峙之最前线。

【评说】

这首诗题为《铁柱观》，实则歌咏带着神话色彩的大铁柱。前半述铁柱的来历、威力与外观，通过夸张手法与心理活动的描写，突出它的神异性。后半说传说恍惚，不必详考，如若有朱亥那样的大力士以此为武器去西北边陲打击嚣张的敌人，却是一件快事，给铁柱派上了现实用场。全诗洋溢着浪漫的激情。

晚春（二首）

蒲芽荇带绕清池， 锦缆牵船水拍堤。〔一〕
好是寒烟疏雨里， 远峰青处子规啼。〔二〕

门前杨柳暗沙汀， 雨湿东风未放晴。
点点落花春事晚， 青青芳草暮愁生。

【注释】

〔一〕蒲芽：蒲柳（又名水杨，生水边）初生的嫩叶。荇（xìng）带：荇菜为水生植物，根生水底，飘浮水面，其形如带。《诗经·关雎》："参差荇菜，左右流之。"

〔二〕子规：鸟名，也叫杜鹃，于暮春始鸣。

【评说】

这两首诗写的晚春雨景。晚春的景色是很美的，东风使蒲芽绽了，远峰青了，门前的杨柳繁茂得快要遮住稍远的沙滩了；因为是寒烟疏雨，连风也显得很湿润，又多少带些朦胧与感伤。景是常见的，情是轻澹的，都用清新自然的语言写出来。

社日〔一〕

雨柳垂垂叶，　风溪细细纹。

清欢惟煮茗，　美味只羹芹。〔二〕

饮不遭田父，　归无遗细君。〔三〕

东皋农事作，　举趾待耕耘。〔四〕

【注释】

〔一〕社日：古代春、秋两次祭祀土神的日子。这里指的是春社，一般在立春后的第五个戊日。

〔二〕羹芹：以芹为羹（羹是煮成浓汤的食物），是粗淡的饭食。

〔三〕"饮不"句：想喝酒却没有遇上老农。杜甫《遭田父泥饮美严中丞》诗："田翁逼社日，邀我尝春酒。"田父（fǔ），农夫。"归无"句：回家也没有什么可以送给妻子的。据《汉书·东方朔传》，汉武帝赐臣下肉，主事者未来，东方朔自己拔剑割肉而去。第二天武帝诘问，朔说："……归遗细君，又何仁也。"遗（wèi），送。细君，颜师古注"细君，朔妻之名。一说，细，小也。朔自比于诸侯，谓其妻曰小君"。

〔四〕东皋（gāo）：皋是水边高地，东为泛指。陶渊明《归去来兮辞》："登东皋以舒啸。"作：起。全句说农忙季节到了。举趾：

动身，开始。《诗经·七月》："三之日于耜，四之日举趾。"

【评说】

　　这首社日诗不写节日气氛和农村风俗，不渲染热闹；而是描绘一种清淡的景象和个人生活情怀，从容闲适，也有点幽默感。末联提及农事，俨然是位躬耕南亩的隐士。

谢 薖

谢薖（？—1115），字幼槃，号竹友居士，抚州临川（今江西抚州）人。谢逸从弟，兄弟均隐居终老，以琴弈诗酒自娱。著《竹友集》(《四库全书》本)，又有《谢幼槃文集》(新文丰出版公司《丛书集成新编》本)。存诗272首。

夏日游南湖〔一〕

曲尘裙与草争绿，　象鼻筒胜琼作杯。〔二〕
可惜小舟横两桨，　无人催送莫愁来。〔三〕

【注释】

〔一〕南湖：在抚州临川。

〔二〕曲尘裙：淡黄色的裙子。曲尘，曲上所生菌，色淡黄如尘，因以称淡黄色。象鼻筒：当是形如象鼻的筒，用以装酒。

〔三〕莫愁：古代女子名。《乐府诗集》卷四十八引《唐书·乐志》：“《莫愁乐》者，出于《石城乐》。石城（按，在今湖北钟祥）有女子名莫愁，善歌谣……因有此歌。”无名氏《莫愁乐》二曲之一：“莫愁在何处？莫愁石城西。艇子打两桨，催送莫愁来。”后误以石头城（南京）为石城，今南京有莫愁湖。

【评说】

这是一首别开生面的小诗。诗人生活过得十分清苦，却自得其乐。在良辰美景的享受中，又忽发浪漫的遐想，希望有"艇子"送来"莫愁女"，听一曲清音。

颜鲁公祠堂〔一〕

上皇御宇无长策，　　牧羊奴子孤恩泽。

银菟分印属儿曹，　　二十余州齐陷贼。〔二〕

常山死守平原拒，　　公家兄弟声名赫。〔三〕

平原白首列班行，　　忠义凛凛真严霜。

历事四朝惟一节，　　当年舌舐中丞血。〔四〕

岂知丞相面如蓝，　　貌虽夷易心巉岩。〔五〕

老臣何罪死虎口，　　到今谁为祛其衔。〔六〕

临风志士长悲咤，　　矫瞻遗像严祠下。〔七〕

未能立草迎送词，　　一奠椒浆泪盈把。〔八〕

【注释】

〔一〕颜鲁公：颜真卿，字清臣，京兆万年（今陕西西安）人。任平原（郡治在今山东平原）太守时，联络从兄杲卿起兵抗击安禄山叛军，附近十余郡响应，被推为盟主。官至吏部尚书，封鲁公。德宗建中四年（783）受命宣慰叛将淮西节度使李希烈，次年被害。

终年 75 岁。蔡州（今河南汝南）为真卿遇难地，有其祠堂。本诗所咏，当在抚州（颜真卿曾任抚州刺史）。

〔二〕"上皇"四句：所叙史实是，唐玄宗晚年昏聩失政，宠信安禄山，且委以重任，终致举兵叛乱；朝廷所命平叛将帅又多无能之辈，河北州郡迅速沦陷。上皇，指玄宗（李隆基）。御宇，君临天下。牧羊奴子，指安禄山。本康国人，后随母嫁突厥人安延偃，改姓安。颜杲卿曾当面骂安禄山"汝营州牧羊羯奴耳"。孤，负。银菟（兔），银制兔形的兵符。儿曹，孩子们，这里指幼稚无能者。

〔三〕常山：指颜杲卿，真卿从兄，任常山（郡治在今河北正定）太守。天宝十四载（755），坚守常山，断安禄山叛军之后，次年兵败被俘，不屈骂贼而死。

〔四〕"历事"句：颜真卿历仕玄宗、肃宗、代宗、德宗四朝；立朝正色，刚而有礼，天下皆不以姓名称，而独曰"鲁公"。"当年"句：安禄山破潼关，杀害御史中丞卢奕等三人，首级被送至平原颜真卿处，面上有血，真卿不忍以衣袖去揩，而用舌舔尽。可见悲痛壮烈之情。舐（shì），舔。

〔五〕"岂知"二句：指德宗时宰相卢杞（即御史中丞卢奕之子），"鬼貌蓝色"，形容丑陋，外表宽平而内心忌刻。因惮于颜真卿的刚正，竟不顾当年舐血之义，加以排陷，向德宗推荐真卿去宣慰李希烈，结果被害。

〔六〕祛（qū）其衔：或可解作消除（祛）其内心积愤（衔）。

〔七〕悲咤（zhà）：悲伤慨叹。郭璞《游仙诗》："临川哀年迈，抚心独悲咤。"矧（shěn）：何况。严祠：庄严肃穆的祠堂。

〔八〕椒浆：椒酒，加上香料的酒。《楚辞·九歌·东皇太一》，"蕙肴蒸兮兰藉，奠桂酒兮椒浆"。

【评说】

这首诗是歌颂唐代名臣颜真卿的。一写其抗击安禄山叛军，功劳卓著；二写他历事四朝，高风亮节始终如一；三写他受奸人算计，终陷虎口；最后写参观祠堂、瞻仰遗像时临风悲叹、心情激动之状。叙事简要，剪裁得当，语言骏爽明快，感情饱满热烈，不失为咏史佳作。

戏咏石榴晚开二首（选一）

靡靡江蓠只唤愁，　眼前何物可忘忧。〔一〕
楝花净尽绿阴满，　才见一枝安石榴。〔二〕

【注释】

〔一〕靡（mǐ）靡：柔弱，萎靡不振。江蓠（lí）：香草名。屈原《离骚》，"扈江蓠与辟芷兮，纫秋兰以为佩"。

〔二〕楝（liàn）：落叶乔木，三四月开红紫色花，果实椭圆形。安石榴：石榴。汉武帝时张骞通西域，自安国传入内地，故称。

【评说】

楝花至三四月才开花。现在楝树已绿荫满枝头，才见到一枝石榴花，自然是晚开了。诗人说，萎靡的江蓠只能惹人愁绪；好容易等到石榴开花，那热烈的气氛和如火如荼的色彩，使人眼睛一亮，精神一振。

饮酒示坐客

身前不吝作虫臂，　身后何须留豹皮。〔一〕

劬劳母氏生育我，　造化小儿经纪之。〔二〕

牙筹在手彼为得，　块石支头吾所师。〔三〕

偶逢名酒辄径醉，　儿童拍手云公痴。〔四〕

【注释】

〔一〕不吝：不惜。虫臂：本喻随缘而化，并无定则，这里比喻卑微细小。《庄子·大宗师》："以汝为鼠肝乎？以汝为虫臂乎？"豹皮：《新五代史·王彦章传》载，彦章"常为俚语谓人曰，'豹死留皮，人死留名'"。豹皮文采斑斓，喻人之声名。

〔二〕劬（qú）劳：《诗经·小雅·蓼莪》，"哀哀父母，生我劬劳"，因以劬劳指父母养育子女之劳苦。造化：天地，大自然。因其有创造化育万物之功，故称。经纪：安排，料理。

〔三〕"牙筹"二句：他人以发家致富为得计，我则以清寒退隐为宗旨。牙筹，象牙制成的筹。《晋书·王戎传》，王戎"性好兴利……每自执牙筹，昼夜算计，恒若不足"。块石支头，以石为枕。曹操《秋胡行》诗"枕石漱流饮泉"（《乐府诗集》卷三十六），后以枕石漱流指隐逸山林。

〔四〕云：说。公：指"我"。

【评说】

这首诗写作者乘醉抒怀，把名利生死看得平淡无奇，听之任之；退隐山林，间或能喝上好酒，就心满意足了。表达了一种睥睨世情的态度，采用的方式是醉语狂言，有些粗率。方回评云："此学山谷，亦老杜吴体。三四（句）尤极诗之变态。"纪昀则斥之为"通体粗野，三四尤甚"。（《瀛奎律髓汇评》卷二十五）纪评似稍过，但方回爱江西诗的特色而兼及其缺点，也是事实。

寒食出郊〔一〕

水晴鸥弄影， 沙软马惊尘。〔二〕

密竹斜侵径， 幽花乱逼人。〔三〕

深行听格磔， 倦憩倚轮囷。〔四〕

往事悲青冢， 年年芳草新。〔五〕

【注释】

〔一〕寒食：清明节前一天（一说前两天）为寒食节，禁火寒食三日。相传起于晋文公（重耳）悼念介之推抱木焚死。

〔二〕弄：摆弄，戏弄，含有"欣赏"的意味。张先《天仙子》（水调数声持酒听）词有"云破月来花弄影"，为传诵名句。

〔三〕"密竹"句：柳宗元《登柳州城楼寄漳汀封连四州》诗，"惊风乱飐芙蓉水，密雨斜侵薜荔墙"。

〔四〕深行：往幽深处走。格磔（gé zhé）：鸟鸣声。轮囷：（树干树枝）盘曲的样子，这里指树说，全句指倚树而息。

〔五〕青冢：王昭君墓名青冢，这里泛指坟墓。

【评说】

诗的前四句写景，并不着意刻画而具清新之气，语言也新奇。后四句写自己的游览和感受。江西派作法，有点铁成金之说。从柳宗元的"密雨斜侵薜荔墙"，化出"密竹斜侵径"，无愧青出于蓝；"鸥弄影"较之"花弄影"，则有点金成铁之嫌，因为一是天晴水上之鸥，一是云开月下之花，"弄影"的意味大不相同。诗的结联也似有些突兀，有些生硬。

晁冲之

晁冲之（生卒年不详），字叔用，初字用道。济州巨野（今山东巨野）人。晁迥五世孙，家世贵显，兄弟叔侄颇多文学之士。冲之富于才华，受知于著名诗人陈师道。举进士，与陵阳喻汝砺为同门生。性豪放，喜冶游。绍圣年间（1094—1098），复熙宁新法，贬责元祐旧党，晁氏群从多在党中，被谪逐；冲之乃飘然隐遁于具茨山（在今河南禹州市北）。十余年后，重过京师，时诸公谋欲用之，高挹不顾。至病危，取平生所著曰："是不足以成吾名！"悉焚之，故其诗不多。有《具茨集》，已佚，今存《晁具茨先生诗集》（新文丰出版公司《丛书集成新编》本）。存诗168首。

夷门行赠秦夷仲

君不见夷门客有侯嬴风，　杀人白昼红尘中。〔一〕
京兆知名不敢捕，　倚天长剑著崆峒。〔二〕
同时结交三数公，　联翩走马几青骢。〔三〕
仰天一笑万事空，　入门宾客不复通，　起家簪笏明光宫。〔四〕

呜呼！男儿名重泰山身如叶， 手犯龙鳞心莫慑。〔五〕

一生好色马相如， 慷慨直辞犹谏猎。〔六〕

【注释】

〔一〕夷门：战国时大梁（今河南开封）城的东门，因夷山得名。侯嬴：战国时魏国隐士，为大梁城夷门守门小吏，后被信陵君迎为上客。公元前 257 年，秦军围赵。侯嬴献计信陵君，窃得兵符，并推荐大力士朱亥，击杀将军晋鄙，夺得兵权，解赵之困。侯嬴为实践诺言，在估计信陵君已到达晋鄙军中时，北向自刎。唐代大诗人王维曾作《夷门歌》歌咏此事，其末段云，"非但慷慨献良谋，意气兼将身命酬；向风刎颈送公子，七十老翁何所求"。白昼红尘：等于说光天化日、大庭广众。

〔二〕京兆：京兆尹，汉代京畿三辅（京兆尹、左冯翊、右扶风）之一，后世用以代京城行政长官。倚天长剑：想象中靠在天边的剑。宋玉《大言赋》，"长剑耿耿倚天外"。著：昭著，著名；又读 zhuó，附，触。崆峒：古人认为北极星居天之中，其下为空桐（崆峒）；洛阳居地之中，与崆峒对应，因以崆峒指代洛阳。这里泛称通都大邑。又，《庄子·在宥》记黄帝问道于广成子的崆峒山，在今河南汝州（见《太平寰宇记》），与作者隐居之具茨山相去不远。

〔三〕联翩：鸟飞的样子，常用来形容前后相连续，亦作"连翩"。曹植《白马篇》："白马饰金羁，连翩西北驰。"青骢（cōng）：青白色的马，菊花青马。

〔四〕"仰天"三句：大意是说，夷门客结交的三数人物，后来应召做官，得到朝廷宠幸，忘了故旧；夷门客只能仰天一笑，忘却过去的一切。不复通，不再通好，不予接待。起家，应召出仕。辔笏（hù），古代朝见皇帝，簪（插）笔于冠，执笏（手板）于手，以备记事。明光宫，汉代宫殿名，在长乐宫后。按，"仰天"句从黄庭坚"出门一笑大江横"化出。

〔五〕名重泰山：把名誉看得比泰山还重。"手犯"句：敢于亲身触犯帝王之怒而无所畏惧。手，亲手。龙鳞，《韩非子·说难》，龙喉下有逆鳞（倒生的鳞片），触者必死，"人主亦有逆鳞，说者能无婴（通撄，触）人主之逆鳞，则几矣"。慑，恐惧。

〔六〕"一生"二句：即使是好色的司马相如，也曾慷慨直言，劝谏皇帝不要迷恋狩猎。《文选》卷三十九有司马相如《上书谏猎》一首。所谓好色，指相如与文君之事。

【评说】

这首赠朋友秦夷仲的歌行，正面歌颂一位刚烈勇猛、有侯嬴之风（胆识非凡又能舍生取义）的"夷门客"，而以他结交的三数人物的苍黄反覆为衬托。以最后二句推测，这些人似指文士，包含了作者愤世疾邪之心。全诗感情强烈，气势奔涌，而又极尽跳跃转折之能事，方东树论黄庭坚诗的特点："山谷之妙，起无端，接无端，大笔如椽，转折如龙虎，扫弃一切，独提精要之语。"（《昭昧詹言》卷十二）晁冲之此诗亦足以当之。范大士评曰："雄放无前，真洗穷饿酸辛之态。"（《历代诗发》卷二十五）

以承晏墨赠僧法一

我闻江南墨官有诸奚，　老超尚不如廷珪。〔一〕
后来承晏复秀出，　喧然父子名相齐。

百年相传文断碎，　仿佛尚见蛟龙背。〔二〕

电光烛天星斗昏，　雨痕倒海风云晦。〔三〕

却忆当年清暑殿，　黄门侍立才人见。〔四〕

银钩洒落桃花笺，　牙床磨试红丝研。〔五〕

同时书画三万轴，　大徐小篆徐熙竹。〔六〕

御题四绝海内传，　秘府毫芒惜如玉。〔七〕

君不见建隆天子开国初，　曹公受诏行扫除。〔八〕

王侯旧物人今得，　更写西天贝叶书。〔九〕

【注释】

〔一〕诸奚：五代时以制墨为世业的歙州奚氏诸人。李超本姓奚，赐姓李（即下文之老超），超子廷珪、廷宽，廷宽子承晏，是祖孙三代人。

〔二〕文：同纹，墨上的图案纹理。下句"蛟龙"指墨上图案。

〔三〕"电光"二句：由蛟龙图案想象蛟龙兴云布雨、雷电交加的壮观。闪电照亮天空，星斗无光；雨势如倒海翻江，风云晦暗。

〔四〕清暑殿：可以避暑的宫殿。张衡《西京赋》，"其远则九嵕甘泉……此焉清暑"，薛综注，"帝或避暑于甘泉宫，故云清暑"。刘禹锡《团扇歌》，"团扇复团扇，奉君清暑殿"。黄门：黄色宫门。才人：有才华的文人，这里指书画家。

〔五〕银钩：形容书法笔姿的遒劲有力，如铁画银钩。桃花笺：纸名，见宋苏易简《文房四谱·纸谱》。红丝研（yàn）：山东益都所产红丝石制成的砚池，质地赤黄，有红色丝纹。唐彦猷作《砚录》，以此为上品。

　　〔六〕大徐：徐铉，字鼎臣，广陵（今江苏扬州）人。南唐时任吏部尚书，入宋为散骑常侍，著名文字学家，曾校正增补《说文解字》。弟锴，字楚金，与兄齐名，号大小二徐。徐熙：五代时南唐画家，善画湖汀花鸟、虫鱼蔬果，所作花木，粗笔浓墨，独具特色。

　　〔七〕"御题"句：南唐后主李煜以澄心堂纸、李廷珪墨、毛元锐笔、龙尾石砚为四绝，加以品题，誉传海内。秘府：皇家藏书之所，这里指秘府所藏书画作品。毫芒：细微（之物）。

　　〔八〕建隆天子：宋太祖赵匡胤。公元960年，赵匡胤代周称帝，建立宋朝，年号建隆（960—963）。曹公：曹彬，字国华，真定灵寿（今属河北）人，北宋著名统帅，以功封鲁国公。太祖开宝七年（974）受命攻南唐，次年十一月破金陵（今南京）。南唐后主李煜降宋，文物亦归宋廷。

　　〔九〕西天：我国佛教徒称佛祖所居之地。贝叶书：写在贝叶（印度贝多罗树的叶子）上的佛经。

【评说】

　　这是一首歌咏名墨的作品。开头四句述墨工家世；"百年"四句从承晏墨的外观发挥想象，用夸张的手法极言其精美；"却忆"八句描写当年南唐君臣以此墨创作书画珍品流传四海的情景；最后说到文物流落民间，得以赠给和尚朋友，可写佛经，挽合题目。吕本中说，此诗"脱去世俗畦畛，高秀实深称之"（《紫微诗话》）。

戏留次褒三十三弟〔一〕

白下春泥尚未干， 汴流更待小潺湲。〔二〕
不知汝定成行不， 寒食今无数日间。〔三〕

【注释】

〔一〕次褒（bāo）：晁颂之，字次褒，作者同祖兄弟中排行第三十三。唐宋人喜以排行称人。方回《瀛奎律髓》卷二十列举冲之"诸弟有二十弟贲之饰道，二十二弟允之（《具茨集》作兑之）息道，二十三弟豫之虞道，二十八弟央之决道……又有三十三弟颂之"，未及其字。

〔二〕白下：地名，东晋时筑城，故址在今南京市北。后以白下称南京。汴流：汴水。全句说小溪流还在流注汴水，是春雨未停的景象。

〔三〕"不知"二句：颜真卿《寒食帖》，"天气殊未佳。汝定成行否？寒食只数日间，得且住为佳耳"。定，肯定。不，同"否"。寒食，节令名，在清明前一日（或二日），禁火三日，相传始于晋文公（重耳）悼念介之推之死。

【评说】

这首诗以自然清丽的词句写春雨景象，以亲切有味的语气挽留堂弟过了寒食再远行。融化前人诗文成句——尤其是别人不常用的诗文，是江西派诗人的特点之一。既照顾了无一字无来处的要求，又显得新鲜有趣，还能说明读书多，学问渊博。

与秦少章题汉江远帆五首〔一〕（选三）

楚山全控蜀，　汉水半吞吴。〔二〕
老眼知佳处，　曾看八景图。〔三〕

江山起暮色，　草木敛余昏。
谁感离骚赋，　丹青吊屈原。

江阔雁不到，　山深猿自迷。
传闻杜陵老，　只在瀼东西。〔四〕

【注释】

〔一〕秦少章：秦觏，字少章，扬州高邮（今属江苏）人，秦观之弟，有文名。

〔二〕楚山：楚地的山。如今之武当山、荆山等名山，在长江、汉水之间，西连巴蜀。

〔三〕八景图：沈括《梦溪笔谈》卷十七，"度支员外郎宋迪工画，尤善为平远山水。其得意者有平沙雁落、远浦帆归、山市晴岚、江天暮雪、洞庭秋月、潇湘夜雨、烟寺晚钟、渔村落照，谓之八景"，作者或借此入诗。

〔四〕杜陵老：指杜甫。杜甫居家杜陵（在今陕西西安东南）附近之少陵，故自称杜陵布衣、少陵野老。瀼（ràng）东西：重庆与湖北交界处流注长江的水道，以瀼为名者甚多。如杜甫出川时曾住过的云安（今重庆云阳）和夔州（今重庆奉节）的瀼水，有大瀼、东瀼、西瀼、清瀼等名称。

【评说】

这组题画诗紧扣汉水的特点，尤其是以它的流域形势来构思，突出"汉江远帆"的一个远字。第一首总括楚山汉水西控巴蜀，东兼三吴的雄阔景观。第二首因暮色苍茫、草木晦暗而联想到曾经放逐汉江、行吟湖湘的爱国者屈原。第三首（组诗其四）更由江汉湖湘远溯三峡，想望诗人杜甫的行踪。气象开阔，笔力沉著，意思深厚，应是五言绝句中的佳作。

感梅忆王立之〔一〕

王子已仙去，　梅花空自新。〔二〕
江山余此物，　海岱失斯人。〔三〕
宾客他乡老，　园林几度春。〔四〕
城南载酒地，　生死一沾巾。〔五〕

【注释】

〔一〕感梅：因梅而触发感慨。王立之：王直方，字立之，江西派诗人。

〔二〕空：徒然。自新：一年一度，梅花又开。

〔三〕海岱：《尚书·禹贡》，"海岱惟青州"，约当今之山东中北部，海指渤海，岱指泰山。后或又连古徐州而言。杜甫《登兖州城楼》："浮云连海岱，平野入青徐。"又可用以泛指，与今之"海内"

同义。斯人：此人，王直方。上句"此物"指梅花。

〔四〕宾客：作者自指。冲之因避党祸，隐遁具茨山十余年。

〔五〕城南：当是特指汴京城南。直方本汴京人，晁说之《王立之墓志铭》称为"城南王立之"，又说他"身不出京师"，陈师道有诗云，"城南居士风流在，时送名花与报春"（《谢王立之送花》，作于建中靖国元年，陈在汴京），可证直方家在汴京城南。载酒地：从游问学之地。《汉书·扬雄传》："时有好事者载酒肴从游学。"直方园林雅致可观，有堂曰赋归，有亭曰顿有，"每有宾客至，则必命酒剧饮，抵谈终日"（《王立之墓志铭》）。

【评说】

从朋友们的酬唱诗来看，王直方爱梅、种梅，常以梅花赠人。这首悼念亡友的作品，也因梅生感（作者另有一首《怀王立之》，起联即为"不到城南久，黄梅几度新"），极尽物在人亡之哀，句句沉痛醇厚，格律工整而又自然。方回认为："此诗才学后山，便有老杜遗风。"纪昀评曰："似平易而极深稳，斯为老笔。"（《瀛奎律髓汇评》卷二十）

夏　倪

夏倪（？—1127），字均父，蕲州（今湖北蕲春）人。以宗女夫入仕。供职枢密院，因事贬祁阳（今属湖南）酒官；大观（1107—1110）初，与晁咏之、汪革等人同在汴京，每出入多联骑同往；又曾知江州；唯年代先后已不可详考。家饶于财，在襄阳有别业，乐善好学。著有《远游堂集》，已佚。今存《五桃轩诗集》（《两宋名贤小集》本）。存诗共16首。

和山谷游百花洲盘礴范文正公祠下以生存华屋处零落归山丘为韵赋十诗〔一〕（选四）

喷喷鹊噪屋，　愔愔蛛网门。〔二〕
我来九顿首，　生气凛如存。〔三〕

堂堂古遗直，　心严貌无华。〔四〕
人见不妩媚，　何以娱大家。〔五〕

朴樕复朴樕，　何以栋我屋。〔六〕

夏　倪

　　风雨莫轻摇，　南山无老木。

　　宝元乃多故，　公时总戎机。〔七〕
　　胸中百万兵，　要取横山归。〔八〕

【注释】

〔一〕百花洲：在邓州穰县（今河南邓州）城东南隅。范仲淹知邓州时曾加营建，为游憩之所。黄庭坚有《陪谢师厚游百花洲槃礴范文正公祠下道羊县哭谢安石事因读生存华屋处零落归山丘十诗》组诗（见《山谷外集》卷三）。盘礴：本用来形容据持牢固的样子，这里或有徘徊依恋、不愿离去的意思。黄庭坚诗题作"槃礴"，则是箕踞而坐，录以备考。

〔二〕喈喈：鸟鸣声。愔（yīn）愔：安闲的样子。蛛网门：蜘蛛用蛛丝在门窗上结网。网，用作动词。

〔三〕九顿首：极言礼拜之恭敬虔诚。顿首，头叩地而拜。"生气"句：（范仲淹像）生气凛然，就像他还活着。

〔四〕遗直：正道直行，有古人遗风。《左传》昭公十四年："叔向（晋国大夫），古之遗直也。"

〔五〕"人见"二句：如果人们以为（范仲淹一类的人）没有特殊的魅力，又怎么会得到天子的知赏。妩媚，或作"娬媚"，姿态或举止的美好。《新唐书·魏徵传》记唐太宗说："人言徵举动疏慢，我但见其妩媚耳。"大家，宫中近臣或后妃对皇帝的称呼。蔡邕《独断》："亲近侍从官称（天子）曰大家。"

〔六〕朴樕（pú sù）：也写作"朴樕"，小树。《诗经·召南·野有死麕》，"林有朴樕"，毛传，"朴樕，小木也"。栋：房屋的正梁。

这里作动词用，给房子作正梁。

〔七〕宝元：宋仁宗年号（1038—1040）。宝元元年，西夏元昊称帝，宋朝廷遣兵备边；宝元二年，西夏侵扰保安军；宝元三年（康定元年），元昊攻陷金明寨，侵延州（今陕西延安），大破宋军。此后二三年，西夏屡次犯边，故说"多故"。总戎机：总理军机。宝元三年，以范仲淹为陕西经略副使，兼知延州，筹划抗击西夏的军事。

〔八〕"胸中"句：《五朝名臣言行录》引《名臣传》，"公（范仲淹）领延安，阅兵选将，日夕训练……夏人闻之相戒曰，'无以延州为意，今小范（仲淹）老子腹中自有数万甲兵，不比大范（范雍，前任知延州）老子可欺也'"。此句言范仲淹的雄才大略。横山：山名，在今陕西北部，为宋与西夏对峙的最前线。

【评说】

范仲淹为宋代名臣，曾主持庆历新政，并经略边防，出将入相，中外想望其功业，深得后世景仰。第一首（组诗其二）以动衬静，描写祠堂的环境气氛，偏重于以庙貌荒凉（黄庭坚原诗"公归未百年，鹳巢荒古屋"）反衬仲淹"生气凛如存"，精神不死。短短二十字，用了两次衬托法。第二首（组诗其三）颂扬仲淹有古人遗风，内心严正、外表朴质，而自有其受朝廷敬重的魅力。第三首（组诗其四）以南山老木比喻仲淹：对国家无栋梁之材、经不起风雨飘摇怀有隐忧。第四首（组诗其八）写仲淹防御西夏的谋划与壮志。诗的风格，尤其在语言方面，是模仿黄庭坚的。

林敏功

林敏功（生卒年不详），字子仁，蕲州（今湖北蕲春）人。年十六岁，以《春秋》乡荐，不第，叹道："轩冕富贵，非吾愿也。"杜门不出者二十年。元符末（1100），屡征不起，赐号高隐处士，与弟敏修比邻终老，世号"二林"（谭正璧《中国文学家大辞典》）。著有《高隐集》，已佚。存诗7首。

春日有怀

风高收雨急，　日薄过窗微。〔一〕
梅蕊初迎腊，　春溪欲染衣。〔二〕
形容今日是，　游衍昔人非。〔三〕
节物关愁绪，　归鸿正北飞。〔四〕

【注释】

〔一〕日：阳光。

〔二〕"梅蕊"二句：言季节转换迅速。腊，腊日，举行腊祭之日。《荆楚岁时记》，"十二月八日为腊日"。染衣，形容春水绿如蓝（草名，可制成青色染料），可以染衣。

〔三〕"形容"二句：大意是说，当前的生活情状是对的、恰当的；纵意游荡曾为古人所非议。形容，容貌，这里指一种状态。游衍，游荡。《诗经·大雅·板》："昊天曰旦，及尔游衍。"（你去游逛，上帝也能看到）警告人们要敬天之怒，不要嬉戏游乐。

〔四〕节物：应时而出现的景物，如春兰秋菊、春露秋霜等。关：关联，牵动。

【评说】

这首诗前半写景，后半述怀。写景颇为雅洁清淡，所怀对象有些隐晦，"归鸿"句或者透露了一点线索。诗疑作于靖康之变之后。

绝句

君心恨不走天涯，　不比衰翁只恋家。

最是横塘黄叶路，　今年无伴折梅花。〔一〕

【注释】

〔一〕"最是"句：作者借指自己居家之地。横塘，地名，在苏州市东南，风光佳胜。贺铸名篇《青玉案》词有"凌波不过横塘路"。黄叶，苏轼《书李世南所画秋景二首》之一，"扁舟一棹归何处，家在江南黄叶村"。

【评说】

这首诗是送给比自己年轻的远行人的。作者是位高隐君子，他不说自己不愿奔波世路，只说衰翁恋家；也不说对远行者如何依依惜别，只说今年折梅无伴。折梅自赏或送人，古已有之，可以表示深厚的亲情友谊。诗思的表达轻描淡写、平易自然，有曲折、有含蓄。

林敏修

　　林敏修（生卒年不详），字子来，蕲州（今湖北蕲春）人。与兄敏功隐居，比屋终老，世称"二林"。著有《无思集》，已佚。存诗9首。

张牧之竹溪〔一〕

幽闲古城阴，　结屋清溪曲。〔二〕
溪流湛回映，　上有青青竹。
漫郎欣得之，　绿发咏空谷。〔三〕
高风及前修，　胜趣随远瞩。〔四〕
恶客徒扰人，　立谈非我欲。〔五〕
麾去宁汝嗔，　真意聊自足。〔六〕
或言不当尔，　往往相谤讟。
答云岂吾私，　恐作林泉辱。〔七〕
源流别泾渭，　臭味同草木。〔八〕
肯当百事胜，　容此一物俗。

独余嵇阮辈，荡桨戒臣仆。

浊醪浇古胸，日没还秉烛。〔九〕

仆忝瓜葛后，意气颇相属。〔一○〕

平生几两屐，共老三径菊。〔一一〕

行年事无定，此计诺已宿。〔一二〕

径须买牛衣，儿亦荷书簏。〔一三〕

从子竹间游，溪鱼剁寒玉。〔一四〕

【注释】

〔一〕张牧之：作者的戚友。牧之当是字，名未详。原《序》云："张牧之隐于竹溪，不喜与世接。客来，蔽竹窥之，或韵人佳士，则呼船载之，或自刺船与语。俗子十反不一见，怒骂相踵弗顾也。人或以少漫郎，余独喜与古人意合。乃作《竹溪》诗。"

〔二〕阴：背日的一面。结屋：结茅为屋，状其简陋。黄庭坚《题落星寺四首》之三，"落星开士深结屋"，史容注引杜甫诗，"独在深崖结茅屋"。曲：水流弯曲处。

〔三〕漫郎：唐代文学家元结。《新唐书·元结传》载，"（元结）后家瀼滨，乃自称浪士。及有官，人以为'浪者亦漫为官乎'，呼为漫郎"。这里以漫郎比张牧之，言其疏放不羁。全句说张牧之很高兴找到了这么个幽美的隐居之处。绿发：青发，黑发，说明还年轻。

〔四〕及：赶得上。前修：前贤。

〔五〕"立谈"句：大意说不愿与"恶客"交谈，哪怕是极短的时间。扬雄《解嘲》"或立谈而封侯"，李善注引《史记》曰："虞卿说赵孝成王，再见（见两面），为赵上卿。"

〔六〕"麾去"句：大意说，挥手斥之去，不怕他（恶客）横眉怒目。

〔七〕"或言"四句：有人说这样做（赶走恶客）不太恰当，容易招致指责埋怨；回答说这也不是出于一己之私，而是担心接待恶客会给高洁的林泉蒙上耻辱。讟（dú），怨诽。

〔八〕别：区分。泾渭：泾水和渭水。《诗经·邶风·谷风》："泾以渭浊，湜湜其沚。"泾水清而渭水浊，后常以比喻人品。"臭（xiù）味"句：大意说，人的气味不相投，如同草木之有香有臭，差异极大。《左传》僖公四年："一薰一莸，十年尚犹有臭。"薰，香草；莸，臭草。后用以喻善恶不能共处。

〔九〕"独余"四句：大意说，如果来客是嵇康、阮籍那样的人物，就会命令仆人驾船迎接（参见注〔一〕原《序》），与之饮酒道古，乃至秉烛夜游。嵇康、阮籍，魏晋之际文学家、思想家，"竹林七贤"之二。浊醪（láo），浊酒。古胸，高古的心胸。秉烛，李白《春夜宴桃李园序》，"古人秉烛夜游，良有以也"。

〔一〇〕仆：作者自称，谦词。忝（tiǎn）：辱，有愧于。瓜葛：喻指亲戚关系。瓜葛后，说明作者是张牧之的戚属晚辈。相属（zhǔ）：在这里有相通、彼此属望义。

〔一一〕"平生"句：全用黄庭坚《和答钱穆父咏猩猩毛笔》诗的成句。屐，木底有齿的鞋。阮孚爱屐，曾叹息说："未知一生当着几两屐！"（一生能穿几双木屐）言外之意是，人生短促，但求适意，不须汲汲于名利。"共老"句：愿与您一起（像陶渊明那样）隐居终老。陶渊明在《归去来兮辞》中描写自己的院落时说，"三径就荒，松菊犹存"。

〔一二〕此计：隐居之计。诺已宿：许下诺言已很长时间了。

〔一三〕径：直。牛衣：蓑衣一类的为牛御寒之物。荷（hè）：担。篓（lù）：用竹子、柳条或藤条编成的圆形盛器。

〔一四〕"溪鱼"句：鱼在溪水中跳跃。寒玉，清寒澄澈的水。李群玉《引水行》，"一条寒玉走秋泉"。

【评说】

这首诗开头一段写竹溪的幽美环境和张牧之的高雅情趣。中间一大段着重从张牧之待人接物爱憎分明的态度（对"恶客"的鄙薄决绝和对"嵇阮之辈"的亲切友好）来称颂其品格。"仆忝"句以下述自己对张的仰慕之情和希望从之游的宿愿。作者"兄弟皆隐君子"（《宋诗纪事》卷三十三引《后村诗话》），与张同气相求，这首诗所表达的感情也就深厚真挚。诗的语言力求古雅淡朴，而无枯涩拗折之态。只是最后一句用"剁"来形容鱼在水面上下跳跃的情景，生动是生动了，终嫌过于狠重，有些煞风景。这在江西派诗中也是常见的。

饶　节

　　饶节（1065—1129），字德操，一字次守。抚州临川（今江西抚州）人。业儒起家，屡举不第。后至汴京，以诗文闻名于学舍，故一时名士皆与之游。丞相曾布延为上客，因上书陈利害不被采纳，离去。38 岁出家为僧，法名如璧，号倚松道人。曾居杭州灵隐寺、邓州香岩寺，主持襄阳天宁寺，晚年隐居故园。著有《倚松集》。今有《倚松诗集》(上海古籍出版社影印《四库全书》本），又有《倚松老人诗集》(《西江诗派韩饶二集》本）。存诗 374 首。

次韵答吕居仁〔一〕

向来相许济时功，　大似频伽饷远空。〔二〕

我已定交木上座，　君犹求旧管城公。〔三〕

文章不疗百年老，　世事能排双颊红。〔四〕

好贷夜窗三十刻，　胡床趺坐究幡风。〔五〕

【注释】

〔一〕吕居仁：吕本中，字居仁，寿州（今安徽寿县）人。学者，诗人，《江西诗社宗派图》的作者，有《东莱先生诗集》。

〔二〕"向来"二句：一向以救世之功相期许，就好像听妙音鸟的鸣啭，虽然是一种享受，却是太遥远了。许，期望。频伽，梵语"迦陵频伽"的省称，佛经谓常在极乐净土。《大智度论》："又如迦陵频伽鸟（即妙音鸟），在壳中未出，发声微妙，胜于余鸟。"《漫叟诗话》引《楞严经》，"譬如人以频伽瓶贮远空，以饷他国"，录以备考。

〔三〕"我已"二句：我已经跟手杖交上朋友（过着超然物外的生活），你还在做学问，从事著述。木上座，指手杖，见《景德传灯录》，上座本为对僧人的敬称。管城公，同"管城子"，指笔，见韩愈《毛颖传》。黄庭坚《戏呈孔毅父》："管城子无食肉相，孔方兄有绝交书。"

〔四〕"世事"句：意谓世事多艰，能催人早衰。排，除，使之消退。

〔五〕贷：借，借来。刻：古代以铜漏计时，一昼夜分一百刻。夏季夜短，约三十五刻。胡床：交椅，一种可以折叠的坐具。趺（fū）坐：结跏趺坐，即双足交叠而坐，是佛家修禅者的坐姿。究幡风：琢磨幡（旗）与风的关系。旗幡在空中飘扬，有人说是风在动，有人说是旗在动。禅宗六祖慧能则说，不是风动，也不是旗动，而是人心在动。事见《坛经》。诸如此类的生活现象，是禅宗参悟禅理的对象与契机。

【评说】

这首诗写昔日匡时济世的抱负不能实现，已经看破红尘，厌倦世事，决心参禅悟道、求得身心解脱了。表面上很颓废衰飒，但深处的勃郁之气实不可掩。吕本中自己则认为这首诗是"劝予专意学道"（见《紫微诗话》）。用典虽多但不求新奇，用律平顺而不求拗折。不过，选字注意新巧，对仗力求严整工刻，又多使佛家语，大体而言，仍能显示出江西诗派的风格特征。

偶成

> 松下柴门闭绿苔，　只有蝴蝶双飞来。
> 蜜蜂两股大如茧，　应是山前花又开。[一]

【注释】

〔一〕茧：蚕茧。

【评说】

这首诗的主题是写山居之清幽。柴门紧闭，一层。只有蝶飞，暗示无人迹，二层。及至见到蜜蜂脾大如茧，才推想门外已是山花烂漫，有了采不完的花粉，三层。这实在是过分"深居简出"了。诗的好处是突出了静谧而不显孤独，大自然还是生机蓬勃。张邦基把这首作品与王安石的七绝相提并论，列为"极为清婉，无以加焉"之类。试举王安石作《悟真院》一诗，以资对照："野水纵横漱屋除，午窗残梦鸟相呼。春风日日吹香草，山北山南路欲无。"

眠石

静中与世不相关，　草木无情亦自闲。〔一〕
挽石枕头眠落叶，　更无魂梦到人间。〔二〕

【注释】

〔一〕"静中"句：王维《酬张少府》，"晚年唯好静，万事不关心"。

〔二〕枕头：枕着头。

【评说】

　　这首诗通过眠石——枕石而眠这样的生活小画面，来表达避世思想，主题是突出无情。草木无情，没有牵挂，所以悠闲自在。这一句是比喻上句的。最后一句是"无情"、眠石的结果，连做梦也不会梦到尘世和俗务。作者有一首《晚起》，则突出有情："月落庵前梦未回，松间无限鸟声催。莫言春色无人赏，野菜花开蝶也来。"同样写隐居避世，同样写幽静清闲，但却是动、植都有情，而且情味盎然，审美过程中的主观色彩是鲜明而强烈的。爱挑剔江西诗派疵病的王若虚说："山谷《题阳关图》云，'渭城柳色关何事，自是行人作许悲'，夫人有意而物无情，固是矣；然《夜发分宁》云，'我自只如常日醉，满川风月替人愁'，此复何理也？"正是由于不懂得艺术心理和创作规律、不懂得审美过程中主客观的复杂关系，才有这样的疑惑。

戏汪信民教授〔一〕

汪侯思家每不寐，　颠倒裳衣中夜起。〔二〕
岂作蓐食窘僮奴，　颇复打门搅邻里。〔三〕

153

凉风萧萧月在庭， 老夫醉著呼不醒。〔四〕

山童奔走奉嘉客， 铜瓶汲井天未明。〔五〕

【注释】

〔一〕汪信民：指汪革，江西派诗人之一。教授：学官名。宋代州学设教授，以经术等训导考核学生，执行学规。

〔二〕侯：古代爵位名，后也用作一般士大夫的尊称。颠倒裳衣：《诗经·齐风·东方未明》，"东方未明，颠倒衣裳"。以裳（下衣）为衣，上下倒置，这里只是形容其粗疏不经意。中夜：半夜。

〔三〕"岂作"句：大意说信民不按时作息进食，弄得僮仆无法侍候，很尴尬。蓐（rù）食，早晨在寝席上进食。

〔四〕庭：庭院，院子。刘禹锡《生公讲堂》诗："高坐寂寥尘漠漠，一方明月可中庭。"欧阳修《招许主客》："更扫广庭宽百亩，少容明月放清光。"老夫：作者自称。醒：此处读平声，押韵。

〔五〕汲井：从井里打水。

【评说】

这首诗写朋友疏放不羁的性格和与众不同的生活情趣，只要自己一时高兴，可以半夜三更去打扰邻居和朋友，形象很生动。语言质朴无华，力求从平淡中见老健瘦劲之功，风格与黄庭坚相近。

善　权

　　僧善权（生卒年不详），字巽中，俗姓高，靖安（今属江西）人。体貌清癯，人称"瘦权"。落魄嗜酒，与祖可同学诗，二人齐名。著有《真隐集》，已佚。存诗9首。

仁老湖上墨梅〔一〕

会稽有佳客，　蔼轴媚考槃。〔二〕

轩裳不能荣，　老褐围岁寒。〔三〕

婆娑弄泉月，　松风寄丝弹。〔四〕

若人天机深，　万象回笔端。〔五〕

湖山入道眼，　岛树萦微澜。〔六〕

幻出陇首春，　疏枝缀冰纨。〔七〕

初疑暗香度，　似有危露溥。〔八〕

纵观烟雨姿，　已觉齿颊酸。〔九〕

乃知淡墨妙，　不受胶粉残。〔一〇〕

为君秉孤芳，　长年配崇兰。〔一一〕

【注释】

〔一〕仁老：僧仲仁，会稽（今浙江绍兴）人。住衡州（今湖南衡阳）花光寺，工画墨梅。黄庭坚有赠诗，并为之题画。《山谷外集》卷十七史容注引《冷斋夜话》云："衡州花光仁老以墨为梅。鲁直观之曰，'如嫩寒春晓，行孤山篱落间；但欠香耳。'"

〔二〕"薖（kē）轴"句：比喻仲仁长老不怕困苦而甘愿隐居。薖轴，出《诗经·卫风·考槃》，"考槃在阿，硕人之薖""考槃在陆，硕人之轴"（郑笺云，薖，饥意；轴，病也）。媚，喜欢。考槃（pán），扣（考）盘（槃）而歌，表示隐居之乐。

〔三〕"轩裳"句：富贵不能使之感到荣耀，意即鄙弃富贵。轩裳，用意同"轩冕"，卿大夫的轩车和冕服。李白《赠孟浩然》："红颜弃轩冕，白首卧松云。"褐：粗毛或粗麻制成的短衣，贫贱人所服。

〔四〕丝弹：丝乐器（如琴）弹奏的乐曲。

〔五〕若人：此人，指仲仁长老。天机：天赋的悟性，灵性。《庄子·大宗师》，"其耆（同嗜）欲深者，其天机浅"。回：运转。

〔六〕道眼：辨别真妄的能力，这里指画家对自然景物鉴赏吸收的高超本领。

〔七〕幻出：变化出，画出。陇首春：南朝宋陆凯《赠范晔诗》，"折花（或作梅）逢驿使，寄与陇头人。江南无所有，聊赠一枝春"（见《太平御览》引盛弘之《荆州记》）。此以陇首春指梅花。"疏枝"句：在洁白如冰的绢上画出梅的疏枝。

〔八〕暗香：清幽的香气。林逋《山园小梅》诗："疏影横斜水清浅，暗香浮动月黄昏。"危露：《吕氏春秋·本味》有"水之美者，

三危之露……"三危，传说中的神山，这里用以形容露水之美。汚
（tuán）：盛多的样子。《诗经·郑风·野有蔓草》："野有蔓草，零露
汚兮。"

〔九〕"纵观"二句：大意说看着烟雨中梅的姿态，不觉齿颊之
间已有（梅的）酸味。

〔一○〕胶粉：当指绘画的颜料。画墨梅不用彩色，故云"不受
胶粉残"。残，损害。

〔一一〕崇兰：指丛兰（兰是丛生的）。《楚辞·招魂》，"光风
转蕙，泛崇兰些"。

【评说】

诗的前六句称扬仲仁长老的人品，甘于贫贱，不慕荣华，寄情
山水，风致高雅。"若人"句以下转入对画的鉴赏，由总体到细节，
由具象到风味，写得很有层次，尤注意突出仲仁墨梅的特点。语言
风格在老健中显清秀，不故作艰涩枯淡；用典虽多，尚无堆砌之病。
在题画诗中，是平稳之作，不像有些江西派诗那样力求惊创出奇，
那样强烈与夸张。

祖 可

僧祖可（生卒年不详），字正平，俗姓苏，名序，京口（今江苏镇江）人。僧惠洪《癫可赞》云，"父伯固，兄养直"，则祖可是苏庠之弟，而苏庠为澧州（今湖南澧县）人，其详待考。有癫病，故称病可、癫可。住庐山，与僧善权同学诗。又工长短句。著有《瀑泉集》，已佚。存诗 20 首。

天台山中偶题〔一〕

岖步入萝径，　绵延趣最深。

僧居不知处，　仿佛清磬音。〔二〕

石梁邀屡渡，　始见青松林。〔三〕

谷口未斜日，　数峰生夕阴。〔四〕

凄风薄乔木，　万窍作龙吟。〔五〕

摩挲绿苔石，　书此慰幽寻。

【注释】

〔一〕天台山：在今浙江天台县城北，佛教天台宗发源地，著名的风景游览地，有隋代所建国清寺。

〔二〕"僧居"二句：不知道僧房在哪里，只是隐约地听到击磬的清音。磬（qìng），佛寺中用以集合僧众的鸣器；又指钵形的铜乐器。姚合《寄无可上人》诗："多年松色别，后夜磬声秋。"

〔三〕梁：桥。

〔四〕"谷口"二句：谷口的太阳还未西斜，几座山峰已出现了夕照的阴影。

〔五〕薄：迫近。"万窍"句：种种孔窍发出龙吟般的啸声。《庄子·齐物论》："夫大块噫气，其名为风。是唯无作，作则万窍怒呺。"

【评说】

这首诗写天台山探幽。开头二句是总述，拈出"绵延"二字，然后逐层展开："僧居"二句从听觉写；"石梁"二句从实际步履写；"谷口"二句从视觉、从日影来写，观察之细致，描写之灵巧精微，不亚于王维《终南山》的"分野中峰变，阴晴众壑殊"；"凄风"二句又从听觉、从风声来写；最后以"幽寻"字面照映"绵延"字面，收束全诗。结构完整，层次清晰，词句疏隽。《宋诗纪事》卷九十二引《西清诗话》："可诗得之雄爽，如'清霜群木落，尽见西山秋'，又'谷口未斜日，数峰生夕阴'，皆佳句也。"

绝句

坐见茅斋一叶秋，　小山丛桂鸟声幽。〔一〕
不知叠嶂夜来雨，　清晓石楠花乱流。〔二〕

【注释】

〔一〕坐：犹正也，适也。（见张相《诗词曲语辞汇释》卷四）一叶秋：《淮南子·说山训》，"见一叶落而知岁之将暮"。唐庚《文录》引唐人诗"山僧不解数甲子，一叶落知天下秋"。"小山"句：淮南小山所作《招隐士》开篇第一句云"桂树丛生兮山之幽"，这里用以说山居清幽。

〔二〕叠嶂：层叠的山峰。石楠花：常绿灌木或小乔木，开白色小花，果实球形，红色，供观赏。

【评说】

这首写景小诗的特点是自然清新，作者心情的闲适，含蕴在对景色的描绘中。后二句似从孟浩然《春晓》的"夜来风雨声，花落知多少"一联化出。

洪　朋

　　洪朋（1072—1109），字龟父，洪州南昌（今江西南昌）人。黄庭坚之甥，与弟刍、炎、羽俱以诗文名世，称"四洪"。羽早卒，诗文不传。洪朋父民师为石州司法参军，性孝，以毁卒。朋幼孤，受业于祖母文成君李氏，手不释卷，落笔成文，尤长于诗。两举进士不第，终于布衣。卒年38岁。有《清虚集》，已佚。今存《洪龟父集》（上海古籍出版社影印《四库全书》本）。存诗186首。

写韵亭

紫极宫下春江横，　　紫极宫中百尺亭。〔一〕
水入方洲界玉局，　　云映连山罗翠屏。〔二〕
小楷四声余翰墨，　　主人一粒尽仙灵。〔三〕
文箫彩鸾不复返，　　至今神界花冥冥。〔四〕

【注释】

〔一〕紫极宫：道观名，在洪州城南惠民门外。写韵亭在紫极宫，相传唐代大和末年仙姝吴彩鸾写孙愐《唐韵》于此，故名。写韵

161

亭,《江西通志》卷一百十四作"写韵轩"。春江：指赣江说。百尺亭：指写韵亭。百尺，夸张其高（写韵亭所处地势高）。李白《夜宿山寺》诗："危楼高百尺，手可摘星辰。不敢高声语，恐惊天上人。"

〔二〕界玉局：（水洲）如棋局之界划清晰。罗翠屏：（群山）如翠屏之罗列。

〔三〕小楷四声：指用小楷写韵书。四声，韵书以平上去入四声分部收字。

〔四〕文箫：相传为唐代大和（827—835）时书生，遇仙女吴彩鸾于钟陵西山，互相爱慕，结为夫妇，后世传为佳话，屡见于诗文。

【评说】

写韵亭为洪州胜迹。元诗人虞集为之作记说："高据城表，面西山之胜，俯瞰长江，间乎民居官舍之中，特为复绝。"此诗首联似从杜甫《白帝》诗"白帝城中云出门，白帝城下雨翻盆"二句翻出，气势不凡。次联一句写水，一句写山，比喻具体而形象，读之觉风光有如亲见。以上是稍带夸张意味的写实。以下由仙女写韵书的传说展开想象，似乎看到了那些结字潇洒、神气清朗的小楷，似乎闻到它的翰墨余音，感受了仙丹一粒的灵气；从而想望文箫彩鸾的仙踪，以抒企慕之情。正如虞集所说："登斯轩而思其风采，亦足以寄遐思也。"吕本中很欣赏这篇作品，赞为"作诗至此，殆无遗恨矣"（《紫微诗话》）。

春风

春风吹桃李，　欻然满中园。〔一〕

群动不遑息，　蝴蝶纷飞翻。〔二〕

我亦感兹时，　步屦绕林间。〔三〕
颜色岂不好，　持久良独难。〔四〕
置酒休其下，　聊复罄余欢。〔五〕
君看桃与李，　成蹊亦无言。〔六〕

【注释】

〔一〕欻（xū）然：欻忽，迅速地。

〔二〕群动：各种动物。陶渊明《饮酒诗二十首》之七，"日入群动息，归鸟趋林鸣"。不遑息：来不及休息。这里只是生气蓬勃、非常活跃的意思。

〔三〕感兹时：（情绪）为这种时节所感发。屦（xiè）：踏，行走。

〔四〕"颜色"二句：意谓好景不常。陶渊明《拟古》其七："皎皎云间月，灼灼叶中华（花）。岂无一时好，不久当如何。"

〔五〕罄：尽。

〔六〕"君看"二句：《汉书·李广传》引谚曰，"桃李不言，下自成蹊"，意思是说，桃李不说话，但因花、实之美，向往的人悦服亲近，其下自然成径。后用以比喻实至者名必归。

【评说】

这首诗是感春之作。写春景只用四句，极力把风光描绘得热烈有生气。"我亦"以下即转入抒怀。"颜色岂不好，持久良独难"，不单指桃李，不单指群动，而是由物及人，并以物喻人，慨叹逝者如斯，年华易逝；所以下文有置酒尽欢的话。最后以"桃李不言，下自成蹊"自慰，主要表达高节自持的思想。艺术风格基本上是追求平淡一路，可能有意学陶渊明。

宿范氏水阁

枕水凿疏棂， 云扉夜不扃。〔一〕

滩声连地籁， 林影乱天星。〔二〕

人静鱼频跃， 秋高露欲零。〔三〕

何妨呼我友， 乘月与扬舲。〔四〕

【注释】

〔一〕"枕（zhèn）水"句：意思是临水建阁。疏棂（líng），经雕饰的窗户或栏杆的格子，这里指代水阁。云扉：云气掩映的门。扃（jiōng）：关，闭锁。

〔二〕地籁（lài）：语出《庄子·齐物论》"地籁则众窍是已"，指孔穴发出的声音。

〔三〕零：落下。

〔四〕扬舲（líng）：乘船。舲，有窗户的船。《楚辞·九章·涉江》王逸注，"舲船，船有窗牖者"。

【评说】

范氏水阁未详。诗写作者秋夜宿此的感受，声、色、动、静，刻画细腻。"林影"句写夜景，"秋高"句写季节，尤有神理。最后一联是说，物华之清美，勾动了乘月泛舟的雅兴。

独步怀元中〔一〕

净尽西山日， 深行城北村。〔二〕

琅珰鸣佛屋，　薜荔上僧垣。〔三〕

时雨慰枵腹，　夕风清病魂。〔四〕

所思渺江水，　谁与共忘言。〔五〕

【注释】

〔一〕独步：一个人散步。元中：李宣德，字元中，舒州舒城（今属安徽）人。

〔二〕西山：在洪州新建（今属江西）西，距章江（实即赣江）三十里。《水经注》作散原山，《豫章记》作厌原山，《太平寰宇记》作南昌山。道家第十二小洞天，为游览胜地（见《江西通志》卷五十）。

〔三〕琅珰：金属或玉器相碰击的声音，这里指佛屋上的铃铛。此句原作"琅玕严佛界"，后经黄庭坚修改（《苕溪渔隐丛话》前集卷四十九引《王直方诗话》），与下句动静相生，更能衬托环境的空寂。薜荔（bì lì）：植物名，常绿藤本，常攀援墙垣。

〔四〕"时雨"句：下了一场及时雨，给饥饿者带来了希望。枵（xiāo）腹，空腹。

〔五〕忘言：《庄子·外物》，"言者所以在意，得意而忘言"。意谓言词是用来达意的，已得其意，就不需言词了。后世引申为相知以心，彼此默契。《晋书·山涛传》："后遇阮籍，便为竹林之游，著忘言之契。"

【评说】

这首诗写在傍晚时分独行深入村墟的闻见感受。所闻所见，用以动衬静法。"琅珰"四句，立意和造句都显得新颖。"夕风"可以

"清病魂"，感觉是敏锐而准确的。结联怀友，扣题作收。诗的风格平淡中见清瘦。村、垣、魂、言，元韵。

晚登秋屏阁示杜氏兄弟〔一〕

病人汤熨暂时停，　漫向秋屏阁上行。〔二〕
白日忽随飞鸟去，　青山断处落霞明。〔三〕
林间喈喈寒蝉急，　江上悠悠烟艇横。〔四〕
富贵功名付公等，　嗟予老矣负平生。〔五〕

【注释】

〔一〕秋屏阁：《江西通志》卷三十八，"秋屏阁：《舆图备考》，在府城（南昌府城，今南昌市）北；《周益公集》，在大梵寺；曾巩云，见西山正且尽者，惟此阁耳"。杜氏兄弟：未详。

〔二〕病人：作者自指。汤熨（wèi）：汤指汤药，熨是用药热敷的治疗法。

〔三〕白日：太阳。王之涣《登鹳雀楼》："白日依山尽，黄河入海流。"

〔四〕喈（huì）喈：蝉鸣声。《诗经·小雅·小弁》，"菀彼柳斯，鸣蜩喈喈"。寒蝉：蝉的一种。烟艇：在水气掩映之中的船。

〔五〕公等：指杜氏兄弟及其同志者。

【评说】

这首登临之作，季节是秋天，时间是傍晚，作者久病初愈，觉得自己上了年纪，览物之情，颇为矛盾。"白日"和"林间"两句分明透露了逝者如斯、岁云暮矣的不安，"青山"和"江上"两句又对桑榆晚景充满了憧憬。时空意识的交织与转换，说明作者在深思人生的价值。最后两句写得比较草率，而且落套，似乎不是这种思考的简单结论。以全诗说，秋景写得疏朗清丽，语言平易流畅，格律一遵常规，无生硬拗涩之处。周紫芝《书老圃集后》以为"大洪昔时诗用意精深……此其所载，意其多晚年之作，与昔所见殊不类"（《太仓稊米集》卷六十六）。洪朋晚年风格的转变，这首诗也许可以作为一个例证。

题大梵院小轩〔一〕

小轩含法界，　万物眼中齐。〔二〕
江拥龙沙起，　天笼鹤岭低。〔三〕
地偏人益少，　林迥鸟能啼。
败叶随风尽，　登临思却迷。〔四〕

【注释】

〔一〕大梵院：佛寺名，当即大梵寺，在洪州（今南昌）城北。

〔二〕法界：佛家语，指整个宇宙现象界。这句说小轩地势高爽，视野开阔，为登览佳胜之处。"万物"句：等于说江山胜景，尽收眼底。《庄子》内篇有《齐物论》，阐述万物齐一的思想，这里只取其词，但后文又隐取其意。

〔三〕龙沙：洪州游览胜地，亦名龙冈，高峻呈龙形，连亘数里。唐权德舆《游龙沙熊氏清风亭诗序》："郭北五里有古龙沙……鄱、章（赣）二江，分派于趾下；匡庐群峰，极目于枕上。或澄波净绿，相与无际；或孤烟归云，明灭变化。耳目所及，异乎人寰。"鹤岭：西山胜迹之一。《江西通志》云："西山在府城西，距章（赣）江三十里。……岭之最高者曰鹤岭，王仙跨鹤所也。"

〔四〕思：名词，思绪，情思。却：犹正也，张相《诗词曲语辞汇释》引杜甫《水宿遣兴》诗"归路非关北，行舟却向西"，却向西，正向西也。

【评说】

这首诗写登高临远的感受。首联说寺轩虽小，但宽敞开阔，包含万象。次联一句说水，龙沙地势本低，但大江浩渺平旷，龙沙似乎被簇拥托起，显得高了；一句说山，鹤岭地势本高，但在云天笼罩之下，似乎显得低了。用精工的对仗写出新颖的视觉印象。第三联说地偏则人迹罕至，林深则鸟能自在啼叫，语言平易又意思深沉，带点哲学意味。末联以秋风落叶、思绪迷惘作结，隐隐点出《庄子·齐物论》的思想。全诗在琢句、寓意和用典的方式等方面，都带着江西派的特点。如果反对江西诗派的清初二冯（冯舒、冯班）读了"万物眼中齐"这样的句子，一定会说江西派最不善用事。

梦登滕王阁作〔一〕

朱帘翠幕无处所，　抖擞凝尘户牖开。〔二〕
万里烟云浑在眼，　九秋风露独登台。〔三〕

西江波浪连天去，　北斗星辰抱栋回。^{〔四〕}
独佩一瓢供胜事，　恨无陶谢与俱来。^{〔五〕}

【注释】

〔一〕滕王阁：江南名楼，在今江西南昌城西赣江旁。唐显庆四年（659），滕王李元婴（高祖之子）都督洪州时所建，以其封号命名，千余年间，屡修屡毁。

〔二〕"朱帘"二句：描写滕王阁的破败。朱帘翠幕已不复存，要抖动振落凝积的尘埃才能打开门户。王勃《滕王阁诗》曾用"画栋朝飞南浦云，珠帘暮卷西山雨"来刻画阁的盛况。滕王阁于宋徽宗大观年间（1107—1110）重建，此诗似作于重建前。

〔三〕浑：全。陈师道《山口》诗，"渔屋浑环水，晴湖半落东"，"浑"与"半"对文。"九秋"句：杜甫《登高》诗，"万里悲秋常作客，百年多病独登台"。九秋，秋季的九十天。

〔四〕西江：西来的大江，本为泛指，这里特指赣江。杜甫《秋兴八首》之一，"江间波浪兼天涌，塞上风云接地阴"。"北斗"句：夸张滕王阁的高峻。北斗，在天空排列成斗形的七颗亮星。抱，环绕。回，徘徊，指星辰的移动。

〔五〕一瓢：《论语·雍也》，"一箪食，一瓢饮"，指简素的饮食，这里说的是酒。胜事：美好之事，快意之事。这里指登临游览说。王维《终南别业》诗："兴来每独往，胜事空自知。"陶、谢：陶渊明，东晋诗人；谢灵运，南朝宋诗人。均长于自然景物的描绘，后人常并称为陶谢。杜甫《江上值水如海势聊短述》："焉得思如陶谢手，令渠述作与同游。"

【评说】

诗的首联写滕王阁的盛衰。次联、三联写阁的形势和登览所见。末联面对胜景追忆古人，在惆怅中寓浓厚的诗兴。全篇气象开阔，造句雄伟，隐约可见杜甫的影响。

题胡潜风雨山水图〔一〕

胡生好山水， 烟雨山更好。〔二〕

鸿雁书远空， 马牛风塞草。〔三〕

【注释】

〔一〕胡潜：宋代画家，善画鹤，刘弇有题其画鹤歌，以为可继唐代名家薛稷。

〔二〕"胡生"句：胡潜所画的山水很好。好，或作"画"，非是。

〔三〕"鸿雁"句：大雁群飞时，就像写在天空中的"一"字或"人"字。书，写。"马牛"句：秋高草肥时，牛马在塞上草原奔逸。《左传》僖公四年："君处北海，寡人处南海，唯是风马牛不相及也。"比喻事之毫不相干。风，本作"走失"或"牝牡相诱"解，这里只用以形容牛马欢快奔逸的情状。塞草，或作"寒草""雨草"，不可取。

【评说】

这首题画诗有两个明显的特色。一是"书"和"风"两个动词的巧妙运用，见出作者炼字锻句的功夫。一是典故的翻新，符合江西派"以故为新"的诗法，它与常见的意义完全不同了，所以吴曾说他对第四句"全不解"(《能改斋漫录》卷十)。江西诗派中人对这首小诗是很欣赏的。王直方说:"洪龟父有诗云(诗略)。潘邠老(潘大临)爱其第二句,余(王直方)爱其第三句,山谷(黄庭坚)爱其第四句,徐师川(徐俯)爱其第三、第四句。"(《王直方诗话》)评议很细致。说黄庭坚爱第四句,尤为可信。这种翻新出奇的手法,正是学黄的。

洪　刍

洪刍（生卒年不详），字驹父，洪州南昌（今江西南昌）人。绍圣元年（1094）进士。坐元符上书邪下，降两官，监汀州酒税。崇宁三年（1104）入元祐党籍；五年，叙复宣德郎；靖康（1126—1127）中官至谏议大夫。因奉命为金人搜刮金银时，监守自犯奸，"纵欲忘君，所谓悖逆秽恶，有不可言者"（朱熹语）。建炎元年（1127）除名勒停，长流沙门岛（在登州蓬莱县西北渤海中），竟没于岛上。有《老圃集》(上海古籍出版社影印《四库全书》本)。存诗186首。

田家谣

鸠妇勃磎农荷锄，　身披襏襫头茅蒲。〔一〕
雨不破块田圢圢，　秭稗青青佳谷枯。〔二〕
大妇碓舂头鬖疏，　小妇拾穗行饷姑。〔三〕
四时作苦无袴襦，　门前叫嗔官索租。〔四〕

【注释】

〔一〕鸠妇勃磎：意思是说下雨了。鸠妇，鸟名，即勃鸠。在这里也可理解为鸠、妇并称，指雌、雄斑鸠，能知晴雨。古代谚语说："天欲雨，鸠逐妇；天既雨，鸠呼妇。"欧阳修《啼鸟》诗："谁谓鸣鸠拙无用，雄雌各自知阴晴。"勃磎，也写作"勃豀"，指家庭中的争吵。《庄子・外物》："室无空虚，则妇姑勃豀。"荷锄（hè chú）：扛起农具。襏襫（bó shì）：蓑衣一类的防雨服。茅蒲：古代有柄的笠，这里即指斗笠说。《国语・齐语》，"首戴茅蒲，身衣襏襫"，韦昭注，"茅蒲，簦笠也；襏襫，蓑薜衣也"。

〔二〕"雨不"二句：雨下得太少，庄稼终究枯死了。田坼图，田地开裂如地图。稊（tí），似稗的草。稗，即稗子，为稻田中主要杂草。

〔三〕碓舂（duì chōng）：用碓舂米的劳作。碓，舂谷去壳的设备。饷（xiǎng）：用食物款待；给，吃。姑：婆婆。

〔四〕作苦：劳动很辛苦。袴襦（kù rú）：《礼记・内则》孙希旦集解，"襦，里衣；袴，下衣"，这里泛指衣裳。

【评说】

这首诗写农民遭旱歉收，衣食无着，官府却照旧催租。内容还算具体，语言形象也鲜明；个别句子显得文了些，但通体仍为平易。如果与其前的元稹《田家词》、梅尧臣《田家语》，其后的陆游《农家叹》作一比较，似偏于客观描写，思想感情（田家的和作者的）的含蕴不甚深厚。

寄题双井黄稚川云巢〔一〕

云巢一上十五里，　中有今世巢居子。〔二〕

鸡鸣犬吠百余里，　不知天际去此几。〔三〕

平生深契鸟窠禅，　剪茅盖头万事已。〔四〕

宴坐经行飞鸟上，　人间荣辱不到耳。

蜗牛两角竟何为，　鹪鹩一枝端自喜。〔五〕

我有一廛落城市，　章服裹狙聊复尔。〔六〕

武陵未访桃花源，　修江倪问桃花水。〔七〕

会取樱桃洞前路，　藜杖扶衰自此始。〔八〕

【注释】

〔一〕双井：地名，在洪州分宁（今江西修水）县西三十余里，诗人黄庭坚的故乡。黄稚川：黄公准，字稚川，庭坚之弟。志趣高尚，曾于双井樱桃洞结茅隐居，号云巢居士。

〔二〕巢居子：构木为巢住在树上的人，这里或是根据"云巢"字面夸张如此；后世地方志说黄稚川"结茅木杪"，疑是附会。

〔三〕"不知"句：夸张"云巢"地势之高。去，离。此，指云巢。几，几何，多少。按，"十五里"，就高低而言；"百余里"，就远近而言。

〔四〕"平生"二句：大意说黄稚川透彻地了解鸟窠禅师的生活哲学，剪一把茅草遮盖了脑袋，就算万事齐备、别无所求了。契，合，投合。鸟窠禅，鸟窠禅师的禅理。唐代高僧道林，富阳（今属浙江）人，受戒于荆州果愿寺。见秦望山有松树，枝叶繁茂，盘屈如伞盖,遂栖止其间,其旁有鹊巢,人谓之鸟窠禅师、鹊巢和尚。

〔五〕"蜗牛"句:大意说,由于微不足道的细事而争夺,实在毫无意义。《庄子·则阳》:"有国(建国)于蜗之左角者,曰触氏;有国于蜗之右角者,曰蛮氏。时相与争地而战,伏尸数万。逐北,旬有五日而后返。""鹪鹩"句:大意说,人生所需,实在非常有限,不必多求。《庄子·逍遥游》:"鹪鹩巢于深林,不过一枝,偃鼠饮河,不过满腹。"

〔六〕一廛(chán):一夫所居之地,见《孟子·滕文公上》。也指住房说,《荀子·王制》杨倞注,"廛,谓市内百姓之居"。落:堕落。与稚川的"云巢"相对而言,作者是堕落市井了。"章服"句:穿着一身官服,像个人罢了。章服,用星辰鸟兽等图案作为等级标志的礼服。狙(jū),猕猴。

〔七〕武陵:今湖南常德,陶渊明《桃花源记》所虚拟的桃花源在此。修江:修水,源出黄龙山,流经江西西北部,入鄱阳湖。分宁(今江西修水)即在其上游。傥(tǎng):或。问:询问。

〔八〕"会取"二句:大意是说,(我)将到你那个世外桃源去,优游岁月以终老。会,应,当。取,同"趋"。樱桃洞,见注〔一〕。藜(lí)杖,藜茎所做的杖。王维《菩提寺禁口号又示裴迪》:"悠然策藜杖,归向桃花源。"

【评说】

诗的前半篇赞美黄稚川所筑"云巢"的深远清幽和他思想的超尘脱俗。"蜗牛"二句对比生活态度,折入"我"的感慨,混迹官场,心为形役,不如归隐。武陵的桃花源不曾访问过,而近在修水的"桃花源"或者真值得探询。诗中说愿意与朋友同游,同样是对

"云巢"的称扬，不离"题云巢"的诗旨。内容丰满，用典也多，但语言是劲健清癯的。

石耳峰〔一〕

朝踏红尘暮宿云，　往来车马漫纷纷。
猴溪桥下潺湲水，　唯有峰头石耳闻。〔二〕

【注释】

〔一〕石耳峰：在庐山圆通寺东南，双峰并耸，形如两耳。苏轼有诗"石耳峰头路接天"，查慎行注引《庐山志》，"马耳峰西南为石耳峰，其峰峭厉，后山尤耸拔"。

〔二〕猴溪：在石耳峰下。南宋王十朋《游圆通》诗："虎溪水隔猴溪水，马耳峰连石耳峰。"

【评说】

这首诗没有正面描写石耳峰的风光气势，而是借题发挥，形象地暗示某种哲理：朝踏红尘紫陌，奔走名利，晚上在峰顶住上一晚的游客，来去匆匆，车马纷纷，是不可能真正领略大自然之美的。猴溪桥下的潺湲流水声是那样美妙动听，只好留给"石耳"来欣赏了。

松棚

南山落落千尺松，　干云蔽日摇青葱。〔一〕
盘根错节岁月古，　龙吟虎啸号悲风。

北山文杏中梁栋，　　我材臃肿非世用。〔二〕

修枝细节幸有余，　　赪肩大束那辞送。〔三〕

承以高竹青扶疏，　　置君宽闲之玉除。〔四〕

倏如乱云驻车盖，　　恍似广庭张拂庐。

垂头塌翼下孔翠，　　张鳞摆鬣来鲸鱼。〔五〕

穿空入隙清飙吹，　　疑有万壑哀声随。

羲和按辔不驰骋，　　炎官火伞将安施。〔六〕

朅来投荒近循海，　　日坐板屋如蒸炊。〔七〕

南山苍官怜我热，　　遗我七鬣千孙枝。〔八〕

但令修干青青多，　　温风烈日如予何。

【注释】

〔一〕南山：与下文北山对举，虚拟之辞，非实指。落落：卓立不凡的样子。《艺文类聚》卷七引杜笃《首阳山赋》，"长松落落，卉木蒙蒙"。青葱：葱绿色，指松树说。南齐王俭《和竟陵王高松赋》，"山有乔松，峻极青葱"。

〔二〕文杏：杏树之别种，其材有文采者。司马相如《长门赋》，"刻木兰以为橑兮，饰文杏以为梁"。中（zhòng）梁栋：符合作栋梁之材的要求。我材：指松材。《艺文类聚》卷八十八，"孙兴公斋前种一株松，枝高势远。邻居曰，松树非不楚楚可怜，但恐无栋梁用耳"。

〔三〕"修枝"二句：大意是，对于我（作者）来说，松树却大有用处（可以搭松棚）。细长的枝条，较粗大的枝干，都能派上用场，不须拒绝。

〔四〕"承以"二句：大意是说，用高大的竹子作支架，在阶上搭起松棚。承，接，支撑。扶疏，枝叶纷披的样子。宽闲，宽敞空闲。玉除，阶沿，玉是美称。

〔五〕"倏（shū）如"四句：形容松棚的情状。倏，倏忽，转眼之间。车盖，车上遮蔽风日的伞盖。恍，恍忽，与倏近义，忽然。张，陈设，打开。拂庐，古代吐蕃族所居的毡帐。孔翠，孔雀与翠鸟。鬣（liè），鱼鬐。

〔六〕"穿空"四句：写松棚搭好之后，随即八面来风，清凉无比；似乎日神赶车的节奏也渐趋缓慢，骄阳也不能肆虐了。羲和，神话中的日御。屈原《离骚》，"吾令羲和弭节兮，望崦嵫而勿迫"。炎官，火神。韩愈《游青龙寺赠崔大补阙》诗，"赫赫炎官张火伞"。安，何。施，施为，作为。

〔七〕"朅（qiè）来"句：指作者被贬沙门岛之事。靖康之变，金兵攻破汴京（开封），洪刍在奉命为金人搜括财物时，纵欲享乐。建炎元年（1127），除名勒停，流放沙门岛。沙门岛在登州蓬莱（今属山东）西北大海中。投荒，被流放至荒远之地。黄庭坚《雨中登岳阳楼望君山》诗"投荒万死鬓毛斑"。

〔八〕苍官：松、柏的别称，这里指松说。其色青苍，秦始皇登泰山，又曾封之为五大夫，故有此称。遗（wèi）：赠送。七鬣千孙枝：众多的松树枝条。孙枝，树的侧枝、嫩枝。

【评说】

作者因罪被贬沙门岛，因天气酷热，乃搭松棚遮阴。"北山"两句无端以松、杏对比，说文杏是栋梁之材，而松树不适世用，分明是不服气的牢骚，对"纵欲忘君"之罪没有认识。就诗论诗，则《松棚》不失为佳作。"南山"四句对千尺古松的描绘，大笔淋漓，很有气势；"倏如"八句对松棚的比喻形容，语言夸张，想象惊创出奇，明显地受到韩愈和黄庭坚的影响。笔力的劲健，造语的老练，也很能说明他学黄的功夫。

次山谷韵二首〔一〕（选一）

宝石峥嵘佛所庐，　经宿何年下清都。〔二〕
海市楼台涌金碧，　木落牖户明江湖。〔三〕
千波春撞有崩态，　万栋凌压无完肤。〔四〕
巨鳌冠山勿惊走，　欲寻高处吐明珠。〔五〕

【注释】

〔一〕次山谷韵：黄庭坚原作，即《题落星寺四首》之二"岩岩正俗先生庐，其下宫亭水所都。北辰九关隔云雨，南极一星在江湖。相粘蠔山作居室，窍凿混沌无完肤。万鼓春撞夜涛涌，骊龙莫睡失明珠"。

〔二〕宝石：指落星石，在南康军星子县（今属江西）南鄱阳湖中，相传有巨星陨落于此，化为石，故名。唐代僧人清隐在此建寺。庐：寄居。经宿：经星，古代称二十八宿等恒星为经星（经即恒、常义）。清都：天上宫阙。全句是问巨星何年自天陨落。

〔三〕海市：由于光线的折射，把远处景物显示在空中或地面的幻影，这里实际上只是说鄱阳湖水反映落星寺金碧辉煌的楼阁。"木落"句：树叶落了，从门窗之间眺望江湖，更显其开远明亮。黄庭坚《登快阁》诗，"落木千山天远大"。

〔四〕"千波"二句：着意刻画落星石。上句写它承受湖水的猛烈冲击；下句写它承受佛寺的沉重压力。

〔五〕巨鳌冠山：巨鳌戴山。《列子·汤问》，"渤海之东不知几亿万里，有大壑焉"，其中有岱舆、员峤等五山，"常随潮波上下往还"，不得安定；天帝"乃命禺强使巨鳌十五举首而戴之（仰头把山顶起来）"。张湛注引《离骚》："巨鳌戴山，其何以安也？"今本《楚辞·天问》作"鳌戴山抃，何以安之"。后世以"巨鳌戴山"喻感恩，故下句有"吐明珠"之说。这二句的大意是，落星石在波涛中耸立突出，如巨鳌戴山，是想寻一高爽之地吐珠报恩，不要把它惊走了。

【评说】

这首诗的内容，侧重对充满神奇色彩的落星石的描写。"千波"以下四句，形容生动，想象诡幻，构思新颖，造句奇险。即以用字来说，山谷原诗用"万鼓春撞"来刻画波涛汹涌，已是声、形毕现，而作者用"春撞"（春是一种由上而下的冲击，如碓春）来形容湖水对落星石的横向的冲刷，更显得新奇。再就格律说，全篇失对失黏的地方很多，"明江湖""无完肤"两次出现三平调，其拗折破律的程度已超过了山谷原诗，但作者是把它作为近体来写的。这首作品比较全面地典型地显示了黄庭坚的影响和江西诗风的特色，李彭称赞说外甥的笔力能赶得上舅舅（见李彭《用师川题驹父诗卷后韵》"谁谓涪翁呼不起，细看宅相力能追"），单就此作而言，似不为过誉。

洪　炎

洪炎（？—1133），字玉父，洪州南昌（今江西南昌）人。绍圣元年（1094）进士。累官糓城令、知谯县、著作郎、秘书少监。高宗初，召为中书舍人。时方倥偬，除目填委，炎操笔立成，训词典雅，同列叹服。有《西渡集》(上海古籍出版社影印《四库全书》本）。存诗113首。

山中闻杜鹃

山中二月闻杜鹃，　　百草争芳已消歇。〔一〕
绿阴初不待熏风，　　啼鸟区区自流血。〔二〕
北窗移灯欲三更，　　南山高林时一声。〔三〕
言归汝亦无归处，　　何用多言伤我情。

【注释】

〔一〕"山中"二句：大意说，今年杜鹃叫得早，春光去得早。杜鹃，鸟名，或称子规、鹈鴂，在暮春到夏至间啼叫，百花凋谢。屈原《离骚》："恐鹈鴂之先鸣兮，使夫百草为之不芳。"

〔二〕初：全、都。熏风：和风，暖风。"啼鸟"句：意谓杜鹃啼声悲苦，直至流血。《本草纲目》："人言此鸟（杜鹃）啼至血出乃止。"传说古蜀帝杜宇，称望帝，其魂化为鸟，名杜鹃，啼声为"不如归去"，悲苦流血。区区，辛苦。杜甫《杜鹃行》："其声哀痛口流血，所诉何事常区区。"

〔三〕"北窗"二句：用南北、早晚对举，写杜鹃无时无地不在啼唤。

【评说】

这首诗是金人侵宋时，诗人避难途中所作，表达国土沦丧、有家不能归的悲苦之情。杜鹃本来应该在暮春三月的落花时节开始啼叫，现今二月即鸣，百芳早谢，是反常的，带有"皇天之不纯命兮"（屈原《哀郢》）的伤痛。以下均紧扣杜鹃啼血故事反复咏叹。最后二句说：你（杜鹃）不断地啼唤"不如归去"，连你自己也没有归处；又何必多言，伤我家国之情！语言质实而深挚沉痛。

迁居

从官三十载，　故山凡几归。

昔归尚有屋，　再归已倾欹。〔一〕

今归但乔木，　竹落荆薪扉。〔二〕

上为鹳鸟都，　下为犬鸡栖。〔三〕

相彼东北隅，　三亩以为基。〔四〕

积块与运甓，　实洼而培庳。〔五〕

成兹道旁舍， 空我橐中资。

堂室取即安， 牖户适所宜。

嘉树三四株， 当窗发华姿。〔六〕

馨香入怀袖， 似与迁徙期。〔七〕

我今六十老， 岂不知前非。〔八〕

骨相自不媚， 况复筋力微。〔九〕

收此衰病身， 与汝长相依。

松楸幸在望， 邻曲不见遗。〔一〇〕

葛巾随里社， 庶以保期颐。〔一一〕

【注释】

〔一〕欹（qī）：倾斜。

〔二〕落：篱笆。扉：门扇。

〔三〕鹳（guàn）鸟：一种水鸟，形似鹤。《诗经·豳风·东山》，"鹳鸣于垤"。都：居。《汉书·东方朔传》，"都卿相之位"。

〔四〕相（xiàng）：察看。基：指新居的宅基。

〔五〕块：土块，这里指土坯。甓（pì）：砖。"实洼"句：填平低洼之地。实，填充，培，垒土。庳（bì），低（地）。

〔六〕嘉树：美好的树。屈原《九章·橘颂》，"后皇嘉树，橘徕服兮"，指橘树说。

〔七〕"馨香"二句：（嘉树的）香气飘入怀袖，似乎与我迁入新居事先约好。

〔八〕"我今"二句：春秋时大夫蘧伯玉"年五十而知四十九年

非"(《淮南子·原道训》),作者说,我年已六十,自然更应该懂得过去几十年的错误。意思是否定三十年游宦生涯,肯定现在的退居。陶渊明《归去来兮辞》:"实迷途其未远,觉今是而昨非。"

〔九〕"骨相"二句:自己不能讨好世俗,身体又衰弱(所以不应仕进了)。骨相,骨骼相貌,这里实指秉性风操而言。

〔一〇〕"松楸"二句:祖先父母的墓地就在近旁,邻居关系也很融洽。松楸,种在墓地上的树木,指代墓地。遗,被遗弃。

〔一一〕葛巾:用葛布制成的头巾。里社:乡里中祀土地神的处所。这里指里社活动。庶:希冀之辞。期颐:百岁。《礼记·曲礼》,"百年曰期颐"。

【评说】

诗先写故居败坏,不得不倾囊另建的情况;新居是简朴将就的"道旁舍"。后写迁入新居的感受与希望,表达了一种冲淡宁静的生活态度。语言简淡中见丰腴,意思恳切动人。

绝句（二首）

桃花浪打散花楼，　　南浦西山送客愁。〔一〕
为理伊州十二叠，　　缓歌声里看洪州。〔二〕

西江东畔见江楼，　　江月江风万斛愁。〔三〕
试问海潮应念我，　　为将双泪到南州。〔四〕

【注释】

〔一〕桃花浪：仲春二月的浪。散花楼：当即滕王阁，参见本诗评说部分引《艇斋诗话》。南浦西山：南浦，在南昌城西赣江边，自古为往来泊舟之所，建有南浦亭。西山，南昌市新建区名山。王勃《滕王阁诗》："画栋朝飞南浦云，珠帘暮卷西山雨。"

〔二〕理：调，演奏。伊州：曲调名。郭茂倩《乐府诗集》卷七十九引《乐苑》，"《伊州》，商调曲，西京节度盖嘉运所进也"。叠：重叠。这里指乐曲的叠奏，如《阳关三叠》。缓歌声：《乐府诗集》卷六十五收有古辞《前缓歌声》，这里只是歌声柔缓的意思。白居易《长恨歌》，"缓歌慢舞凝丝竹，尽日君王看不足"。洪州：今江西南昌。

〔三〕西江：赣江。江楼：指滕王阁说。

〔四〕将：持，带。南州：本州名，北周、唐、南唐均设置南州，这里只是泛指远方。

【评说】

曾季狸《艇斋诗话》："洪玉父舍人有侍儿曰小九，知书，能为洪检阅。洪甚爱之。尝月夜携登滕王阁，洪赋诗云……（见上第一首诗）。后因兵乱失之。洪怅恨不已，又和前诗云……（见上第二首诗）。已而洪复寻得其人。"前首写仲春二月登楼，饱览山水佳胜，想到要以古曲轻歌助兴。这里的"愁"，只是一种陶醉于良辰美景的审美感受。后首"愁"之多以万斛计，乃是一种深沉的痛苦。诗写得优雅有情致。

将去宝峰诵老杜更欲投何处赋五言三首〔一〕(选一)

更欲投何处， 乾坤老病身。〔二〕
穷愁但有骨， 栖泊渺无津。〔三〕
岩穴探幽薮， 人烟隔几秦。〔四〕
驱车上九折， 回首黯伤神。〔五〕

【注释】

〔一〕去：离。宝峰：当指宝峰寺。《江西通志》卷一二一："宝峰寺初名泐潭寺，在靖安县北四十里大梓都石门山。唐贞元四年马祖藏塔于此，因改名。"更欲投何处：杜甫《舟出江陵南浦奉寄郑少尹》诗，"更欲投何处，飘然出此都。形骸元土木，舟楫复江湖。社稷缠妖气，干戈送老儒。百年同弃物，万国尽穷途……"

〔二〕"乾坤"句：作者自指，意谓天地间有此老病之身。杜甫《江汉》："江汉思归客，乾坤一腐儒。"

〔三〕但：只（有）。津：渡口。这里包含"出路"的意思。

〔四〕幽薮（sǒu）：深远难求的处所。薮，本指人、物聚集之所，如"渊薮"。几秦：用陶渊明《桃花源记》故事，《桃花源记》诗有"奇踪隐五百，一朝敞神界；淳薄既异源，旋复还幽蔽"之句。王安石《桃源行》"天下纷纷经几秦"，是说历史上的暴政非止一次。黄庭坚《留王郎》"百年才一炊，六籍经几秦"，是说历史上的"秦火"非止一次。

〔五〕"驱车"二句：大意说，今又驱车走上艰难险阻的旅途，回首所向往之处，不禁黯然伤神。九折，九折阪，在今四川荣经县邛崃山，极险峻。陈师道《送外舅郭大夫西川提点刑狱》诗："万

里早归来，九折慎驰骛。"杜甫《江亭》诗："江东犹苦战，回首一
颦眉。"

【评说】

王嗣奭评杜甫"更欲投何处，飘然出此都"云："起语突然，悲
不自胜。"（《杜臆》）洪炎在靖康之变后有着和杜甫类似的避乱流离的
经历，这首学杜之作，不仅是格律的顿挫老健接近杜诗，而且思想
感情的郁结深沉也与杜甫相仿佛。在造语的生新方面，则仍显现黄
庭坚的影响。曾季狸《艇斋诗话》说："老杜诗中喜用'秦'字。予
尝考之，凡押'秦'字韵者十七八。"并具体列举了"韦贤初相汉，
范叔已归秦""地平江动蜀，天阔树浮秦""故园当北斗，直指照西
秦"共十余例，意均显豁。而洪炎"岩穴探幽数，人烟隔几秦"就
较晦涩。这两句诗是否可以理解为：在这幽深的山数之中，也许隐
居着躲避过几次"秦乱"的逸民？与首句"更欲投何处"照应，表
达了作者穷愁之中无处可投、向往世外桃源的幽忧之情。

病间和公实饮酒诗〔一〕

忧每伤人人亦忧，　花蒙两眼雪蒙头。〔二〕
干戈满地不可触，　蓑笠为家何处浮。〔三〕
秋入鸣蝉催暑去，　酒如凝露与清谋。〔四〕
写成庾信江南赋，　更续相如老倦游。〔五〕

【注释】

〔一〕病间（jiàn）：病情好转。公实：姓郑，名未详，公实是

字，作者的朋友，唱和颇多。

〔二〕"花蒙"句：眼睛花了，头发白了。

〔三〕触：冒，触犯。

〔四〕"酒如"句：大意是说，酒好像秋天的露水，能给人带来清凉。与（yù），参与。谋，谋议。

〔五〕"写成"二句：实际的意思是，读了庾信的《哀江南赋》和司马迁的《司马相如传》之后，就更加思念故土、更加厌倦宦游生活了。庾信，字子山，南阳新野（今属河南）人。初仕南朝梁，官至右卫将军。后出使北朝，受阻不能返国，仕北周，位至开府仪同三司，"虽位望通显，常作乡关之思"（《北史·庾信传》）。《哀江南赋》叙述了梁朝的兴亡和自身的经历，表达亡国之恨和故土之思，为一代名作。司马相如，字长卿，西汉著名辞赋家。

【评说】

这首诗抒写情怀的忧苦。懂得忧可伤人而不能自已，说明忧思的强烈；花蒙眼、雪蒙头，是忧的结果。干戈满地、无家可归是忧的基本内容。最后，既写关切时局心存魏阙，又说厌倦仕宦企求归隐，把矛盾的心情寄托在典故中，而又紧贴现实。

杨　符

杨符（生卒年不详），字信祖，生平事迹无考。诗集已佚。存诗1首。

行村

青秧斩斩水沄沄，　午雨才收夕照曛。〔一〕
坐看一川翻翠浪，　预知千亩割黄云。〔二〕

【注释】

〔一〕斩斩：整齐的样子。沄（yún）沄：水流浩荡的样子。曛（xūn）：落日犹有余光。

〔二〕黄云：比喻成熟的稻子。

【评说】

这首诗以轻快的笔调描绘午雨初霁的田园风光，语言平易流畅，色彩清丽。末句展望秋季的丰收，充满了喜悦之情。

李　锌

李锌（chún）（生卒年不详），字希声，曾任秘书丞。著有《李希声集》，已佚。存诗7首。

题宗室公震四时景〔一〕（选二）

春锄寂寞绕疏丛，　霜后云生浦溆风。〔二〕
此处年年报秋色，　只应衰柳与丹枫。

剪水飞花细舞风，　断芦洲外水连空。〔三〕
剡溪几曲知名处，　何似今朝眼界中。〔四〕

【注释】

〔一〕宗室：皇族成员。公震：赵士雷，字公震，官至襄州观察使，善画花竹及溪塘飞鸟。

〔二〕春锄：或写作"春鉏"，白鹭的别名。疏丛：稀疏的树丛。浦溆（xù）：水滨。

〔三〕断芦洲：长着断芦的水洲。

〔四〕剡（shàn）溪：水名，在今浙江嵊州。曲：水之弯曲处。

【评说】

　　组诗四首分咏赵士雷所画四季山水。所选第一首（组诗其三）写秋景，第二首（组诗其四）写冬景，在衰飒中见清远，与前两首之鲜明浓丽可成对照。

高 荷

　　高荷（生卒年不详），字子勉，号还还先生，江陵（今属湖北）人。黄庭坚自戎州贬所归至荆南，高荷以五言律三十韵贽见，大得嘉赞，庭坚赠诗有"顾我今六十老，付公以二百年"之句，期望甚高。晚年为童贯客，得兰州通判，不为时论所与。后或又知涿州。著有《还还集》，已佚。存诗4首。

见黄太史〔一〕

　　万里南溪郡，　黄香得赐环。〔二〕

　　盛名喧海内，　摧翮返云间。〔三〕

　　太史资诚峻，　郎官选亦悭。〔四〕

　　朝廷才特起，　堂奥援谁扳。〔五〕

　　一梦追前事，　群公厄后艰。

　　中伤皆死祸，　放逐罕生还。〔六〕

　　别驾之戎僰，　侨居傍草菅。〔七〕

　　想知谙鸟道，　闻说异人寰。〔八〕

　　扬子家元窭，　王维室久鳏。〔九〕

鹏来心破碎，　猿叫泪潺湲。〔一〇〕

达观终难得，　羁愁必易删。

众情相恻悯，　灵物自恬憪。〔一一〕

迥阁澄秋眺，　幽窗耸夜跧。〔一二〕

蜀天何处尽，　巴月几回弯。

坠履魂空断，　遗弓涕忽潸。〔一三〕

石门凄殿楯，　铜雀惨宫鬟。〔一四〕

帝统联仁圣，　皇恩感艳顽。〔一五〕

网罗疏党禁，　诛蔓扫朋奸。〔一六〕

点检金闺彦，　凋零玉笋班。

尚令宗庙器，　遥隔鬼门关。〔一七〕

拊髀咨询及，　含香诰命颁。〔一八〕

笑谈趋赤县，　吟咏落乌蛮。〔一九〕

奏记怀东观，　移文额北山。

应将九迁待，　未补七年闲。〔二〇〕

士愧千钧弩，　身谋五两纶。〔二一〕

退藏欣望气，　延伫窃窥斑。〔二二〕

昌谷词源窄，　浯溪笔力孱。〔二三〕

斫轮深类扁，　投斧欲随般。〔二四〕

鹄卵真能伏，　龙鳞敢冀攀。〔二五〕

不嗔无绍介，　试遣略承颜。〔二六〕

【注释】

〔一〕黄太史：指黄庭坚。元丰八年（1085），黄庭坚被召入京，任秘书省校书郎。元祐元年（1086），授集贤校理、《神宗实录》检讨官，在史局，故称太史。

〔二〕"万里"二句：黄庭坚从万里之外的戎州（治所在今四川宜宾）遇赦归来了。南溪郡，唐代曾改称戎州为南溪郡。黄香，字文强，东汉人。事父至孝，博学能文，时谚有云，"天下无双，江夏黄童"。和帝时官至尚书令。这里指代黄庭坚。以古代同姓之名人称今人，是一种客气，不一定要是祖先与后裔的关系。赐环，逐臣遇赦被召还。《荀子·大略》，"绝人以玦，反绝以环"，环是圆形玉器，又与"还"同音，因而成为回还的象征。

〔三〕摧翮（hé）：羽翅被摧伤，比喻政治上受到打击。

〔四〕"太史"二句：作为史官，黄庭坚的声望是很高的；现在人事部门任之为郎官，也显得太吝啬了。资，地位；声望。郎官，尚书省各部司郎中和员外郎，统称郎官。建中靖国元年（1101），黄庭坚回到沙市（今属湖北），受命为吏部员外郎，未赴任。

〔五〕"堂奥"句：在朝廷里，得不到权势人物的支援扶助。堂奥，堂的深处，这里指朝廷上层。扳（pān），援，挽引。

〔六〕"一梦"四句：追述元祐党祸。元祐八年（1093）十月，哲宗亲政。绍圣元年（1094），章惇为相，打击元祐党人，追夺司马光、吕公著等赠谥，贬吕大防、刘挚、苏辙、梁焘、苏轼、范祖禹、黄庭坚、秦观、张耒等官，远窜外地，有死于贬所不得生还者。

〔七〕别驾：黄庭坚被贬为涪州别驾、黔州安置。之：到，往。戎僰（bó）：戎州治所在僰道（今四川宜宾）。元符元年（1098），黄庭坚自黔州移戎州安置。傍：依傍，靠近。草菅（jiān）：草野民间。

〔八〕"想知"二句：上句说蜀地山川险峻，下句说庭坚所居之地尚未开化，有异于中原。谙（ān），熟悉。鸟道，极言山路险隘，只有飞鸟可度。李白《蜀道难》："西当太白有鸟道，可以横绝峨眉颠。"

〔九〕"扬子"二句：以扬雄和王维的情况来比拟黄庭坚。扬雄，西汉著名学者、辞赋家。窘，贫困。王维，唐代大诗人，丧妻不娶，鳏居三十年。

〔一〇〕鵩（fú）：鵩鸟，形似鸮（猫头鹰），古人以为不祥鸟。西汉政论家贾谊被贬长沙，有鵩飞入其舍，止于座隅。贾谊自伤，乃作《鵩鸟赋》。"猿叫"句：郦道元《水经注·江水》，"自三峡七百里中……常有高猿长啸，属引凄异，空谷传响，哀转久绝。故渔者歌曰'巴东三峡巫峡长，猿鸣三声泪沾裳'"。

〔一一〕灵物：神物，这里指黄庭坚。恬憪（xián）：安闲自在。

〔一二〕"迥阁"二句：承"恬憪"字面，写黄庭坚随遇而安的生活。上句说凭阁远眺秋色，下句说蜷缩幽窗过夜。迥，远。跧（quán），蜷伏。

〔一三〕坠屦：贾谊《新书》卷七记楚昭王与吴人战，败而失屦（履），复返取回。他说，不是舍不得一只屦，而是"恶与偕出弗与偕反（返）也"。后世用作寻回失物或不弃旧侣的典故。这里以之比黄庭坚。遗弓：《史记·封禅书》记黄帝乘龙上天，群臣后宫从上者数十人；其余小臣不能上龙身，乃攀龙髯，龙髯被拔落，又堕黄帝之弓，百姓乃抱遗弓与龙髯而哭。后用作哀悼皇帝宾天（逝世）的典故。按，元符三年（1100）正月，哲宗去世，徽宗即位。被贬逐的元祐党人，相继被召还。

〔一四〕"石门"二句：承哲宗去世事说。石门，出处待考。殿楯（shǔn），宫殿栏杆的横木。"铜雀"句，疑用曹操铜雀台故事，但嫌比拟不伦。《邺都故事》载"魏武遗命"，"妾与伎人，皆著铜雀台……每月朝十五，辄向帐前作伎"。《乐府诗集》卷三十一录六朝至唐代人歌咏铜雀台及铜雀伎之诗歌，共计29首，词意凄凉。

〔一五〕"帝统"二句：承徽宗即位事说。大意说，新皇帝继承大统，也继承了历代祖先的仁厚睿智，恩泽普施，感动了各方面人物。艳顽，繁钦《与魏文帝笺》，"咏北狄之遐征，奏胡马之长思，凄入肝脾，哀感顽艳"。顽，顽钝的人；艳，美好的人。

〔一六〕疏党禁：开放元祐党禁。徽宗即位之初，罢斥丞相章惇等人（即下句所说"诛蔓扫朋奸"），追复元祐大臣司马光、吕公著、吕大防、刘挚、范纯仁等官；苏轼、黄庭坚等遇赦召还内地。

〔一七〕"点检"四句：大意说，看一看翰林馆阁的俊彦之士，已是凋零飘落；怎么还能让国家有用之才，被阻隔在遥远的蛮荒地区呢！点检，查核，清理。金闺，金马门，指代翰林、馆阁。玉笋班，黄庭坚《次韵文潜立春日三绝句》之二，"谁怜旧日青钱选，不立春风玉笋班"，任渊注引《北梦琐言》，"唐末朝士中有人物者，时号玉笋班"。玉笋形容人物风貌秀异有才华。《唐书·李宗闵传》记李宗闵为中书舍人，典贡举，所取多知名士，如唐冲、薛庠、袁都等，世谓玉笋班。鬼门关，黄庭坚《竹枝词二首》之一"鬼门关外莫言远，五十三驿是皇州"，任渊注，"鬼门关在峡州路（治所在今湖北宜昌）"。

〔一八〕"拊髀"二句：大意是，新皇帝欣慰地问及黄庭坚等牵连党祸而幸存的人们，尚书郎就起草了赐还复官的诏命。拊髀（bì），

以手拍股，表示振奋。含香，汉代郎官奏事时口含鸡舌香（丁香），
欲其气味芬芳。

〔一九〕赤县：这里指代中原地区。吟咏：指黄庭坚的诗歌作
品。落：遗，留在。乌蛮：古族名，大体分布在今四川南部及云南、
贵州西部。

〔二〇〕"奏记"四句：大意说，黄庭坚具有在朝廷修史著书
的大才，又有高隐山林的清节；即使连续迁升加以重用，也弥补
不了被闲置七年的损失。东观（guàn），汉代洛阳观名，东汉明帝
时，班固等在此撰成《东观汉记》，后成为皇家藏书著书之所的代
称。移文，近于檄文的一种文体，南齐文学家孔稚珪写过一篇脍炙
人口的《北山移文》，讥刺心怀功名利禄的假隐士。颔（hàn），点
头表示同意。全句说黄是真正的清高之士。七年闲，黄庭坚自元祐
八年（1093）九月服除，绍圣元年（1094）遭贬，至建中靖国元年
（1101）自贬所回到荆南，已近七年。

〔二一〕"士愧"二句：我（作者自己）没有什么才力，身份低微。
千钧弩，《史记·穰侯列传》，"夫齐，罢（疲）国也。以天下攻齐，如
以千钧之弩决溃痈也"。这里用来指笔力、才力。五两纶（guān），指
代小吏的微不足道的职位。扬雄《法言》李轨注，"五两之纶，半通
之铜，皆有秩啬夫之印绶，印绶之微者也"。据此，高荷此时或是州
县小吏。

〔二二〕望气：古代迷信以望云气预言吉凶，附会人事。这里
当是借用老子故事，以比拟自己盼望黄庭坚的到来。《史记·老子韩
非列传》索隐引刘向《列仙传》，"老子西游，关令尹喜望见有紫气
浮关（函谷关），而老子果乘青牛而过也"。延伫（zhù）：久立等待。

屈原《离骚》，"时暧暧其将罢兮，结幽兰而延伫"。窥斑：《世说新语·方正》，"此郎亦管中窥豹，时见一斑"。这里以文豹比黄庭坚，希望自己对黄的文彩华章，哪怕是见识一二。

〔二三〕"昌谷"二句：作者自谓学问少，笔力弱（这正是求见黄庭坚、当面请教的主要原因）。昌谷，水名，在河南。唐代青年诗人李贺的故居在其附近，其诗集后人称《昌谷集》。词源，以水源之汩汩不绝喻文词的丰富深长。杜甫《醉歌行》，"词源倒流三峡水，笔阵独扫千人军"。黄庭坚《再用前韵赠子勉四首》之三，"句法俊逸清新，词源广大精神"。浯（wú）溪，水名，在湖南。唐代文学家元结居家于溪畔，并为之取名浯溪。孱（chán），软弱。

〔二四〕"斫轮"二句：大意说自己积年习学所得都属无用，渴望追随鲁般（班）这样的大师。扁，一个名扁的车轮匠（轮扁）。《庄子·天道》记齐桓公在堂上读书，轮扁在堂下斫轮，并以斫轮与读书相比，说明真正的"道"是不可言传的。后世常用斫轮老手比喻经验丰富、技艺高超的人。这里直用《庄子》原意，比喻自己所得不过糟粕而已。般，或作班，春秋时鲁国巧匠之名（鲁班），这里指黄庭坚。

〔二五〕"鹄（hú）卵"二句：作者自谓小材不能当大用，但愿得到黄庭坚的奖掖提携。鹄卵，《庄子·庚桑楚》："奔蜂不能化藿蠋，越鸡不能伏鹄卵。"越鸡形体小，不能孵化鹄（天鹅）卵。黄庭坚《奉和王世弼寄上七兄先生用其韵》："小材渠困我，持斫问轮扁。大材我屈渠，越鸡当伏卵。"攀龙鳞，扬雄《法言》："攀龙鳞，附凤翼，巽以扬之，勃勃乎其不可及也。"后用以比喻依附有声望的人以立名。

〔二六〕"不嗔"二句：如果您不嗔怪我无人介绍而冒昧前来，

不妨让我见见您。遣，使。承颜，幸得见面。

【评说】

徽宗建中靖国元年（1101），黄庭坚解舟出峡，四月至荆南，泊家沙市（今属湖北）。高荷献诗求见，当在本年内。全诗三十韵，六十句，三百字，可以说是一篇精练的黄庭坚评传。第一段自开头至"堂奥"句，为总叙。第二段至"巴月"句，写因党祸远谪蛮荒的生活。"坠履"句结上，"遗弓"句启下，此下至"未补"句为第三段，写终得遇赦内迁，或可得到重用。第四段写作者自己仰慕企望，希求一见的心情。主题是歌颂黄庭坚高尚的品格和杰出的才学，叹惋其坎坷沉沦的遭遇。叙事切合实际，评议中肯，毫无谀美之意。作为一篇长达三十韵的排律，结构严整匀称，铺排有序；语言驯雅，音节沉健，用了大量的、有些还很艰奥的典故，体现了排律的风格特色，而不显芜杂堆砌（因为内容丰富，条理清晰）；感情深挚而恳切，婉转咏叹，极富感染力。总之，在艺术上达到了可称杰作的水平。叶梦得《石林诗话》说高荷"学杜子美作五言，颇得句法"，主要是据此诗立论的；杜甫代表了五言排律的最高水平，叶氏之评应是作者之荣。吴可以为"高荷子勉五言律诗可传后世，胜如后来诸公"（《藏海诗话》）。吴坰指出"点检金闺彦，凋零玉笋班"一联，"时人脍炙，以为切对"（《五总志》）。此类佳联，还可以举出"蜀天何处尽（状空间之旷远），巴月几回弯（记时间之漫长）""坠履魂空断，遗弓涕忽潸""士愧千钧弩，身谋五两纶"，等等。此诗可从一个侧面说明江西派诗学杜的正途。作者另有一首《答山谷先生》，则被人斥之为"恶诗""通体粗鄙"。其三、四句云，"要我尽除儿子气，知公全用老婆心"，确实是走火入魔，属于所谓江西末流了。

韩　驹

韩驹（？—1135），字子苍，仙井监（今四川仁寿）人。少有文称。徽宗政和（1111—1117）初，以献颂补假将仕郎，召试舍人院，赐进士出身，历任秘书省正字、知洪州分宁县、著作郎。宣和六年（1124），迁中书舍人兼修国史。坐苏氏学，以集英殿修撰提举江州太平观。高宗即位，知江州。绍兴五年（1135），卒于抚州。今存《陵阳集》四卷（上海古籍出版社影印《四库全书》本），又有《陵阳先生诗》四卷（《西江诗派韩饶二集》本）。存诗 344 首。

夜泊宁陵〔一〕

汴水日驰三百里，　扁舟东下更开帆。〔二〕

旦辞杞国风微北，　夜泊宁陵月正南。〔三〕

老树挟霜鸣窣窣，　寒花垂露落毵毵。〔四〕

茫然不悟身何处，　水色天光共蔚蓝。

【注释】

〔一〕宁陵：县名，今属河南。

〔二〕汴水：也叫汴河，即隋代通济渠的东段，起自今河南荥阳北，引黄河水东行，经今开封、杞县、宁陵至江苏盱眙入淮河。

〔三〕杞国：指宋雍丘县，今河南杞县（古为杞国）。

〔四〕窣窣：象声词。毵（sān）毵：毛发或枝条细长的样子，孟浩然《高阳池送朱二》诗，"澄波澹澹芙蓉发，绿岸毵毵杨柳垂"。

【评说】

这首诗前半写汴水驰舟的迅捷，后半写宁陵夜泊景色的优美。通过记叙和描写来抒情，情在事中景中；语言爽健，表达流畅，可称佳作。第三联的造句用字，又体现了江西派求惊创、求新奇的特点。尤其是用"毵毵"来形容寒花垂露，而且加上一"落"字，似乎垂落成线了，可见秋露之浓重。江西诗往往有这种很重的刻画，追求一种独特的审美趣味。贺裳评此诗云："宋人极称此诗，然亦闲于尽致，而减于气格。"（《载酒园诗话》卷五）纪昀则以为"纯以气胜"（《瀛奎律髓汇评》卷十五）。

和李上舍冬日〔一〕

北风吹日昼多阴，　日暮拥阶黄叶深。

倦鹊绕枝翻冻影，　飞鸿摩月堕孤音。〔二〕

推愁不去如相觅，　与老无期稍见侵。〔三〕

顾藉微官少年事，　病来那复一分心。〔四〕

【注释】

〔一〕李上舍：曾季貍《艇斋诗话》"子苍在馆中时，同舍李希声赋上元诗……独子苍和'丸'字尤工"云云，疑李上舍即此李希声。李锜，字希声，江西派诗人。上舍，宋代太学实行三舍法，第一等称上舍，上舍生考试列上等的可直接授官。

〔二〕倦鹊绕枝：曹操《短歌行》，"月明星稀，乌鹊南飞；绕树三匝，何枝可依"。摩月：极言其高。摩，触，擦。

〔三〕"推愁"二句：愁绪推不开，似乎是特意来找我；和老境并无约会，却逐渐来临。稍，渐。陈师道《寄黄充》："俗子推不去，可人费招呼。世事每如此，我生亦何娱。"

〔四〕"顾藉"二句：眷恋一个小小官位，是少年之事；如今渐老且病，对它一分心思也没有了。

【评说】

贺裳评云："前半写景，后半言怀。词气似随句而降，渐就衰飒，然恬让之致可掬。呜呼，独不可向伏枥者言耳。"（《载酒园诗话》卷五）这主要是就思想内容而言，说它缺乏"老骥伏枥"的精神。其中名句"倦鹊"一联，方回赞其"极工"，张邦基嫌其"太工"（《墨庄漫录》卷一）。平心而论，在贬官中（吴曾《能改斋漫录》卷十一："盖是时子苍自馆职斥宰分宁县时也"）有此牢骚，似是人情之常，不宜独责作者。"倦鹊"一联，筋骨老健，刻画尽力，但不流于怪险晦涩，应属于江西诗派命意锻句的正常一路。又，《诗林广记》后集卷八引《复斋漫录》云："子苍《和李上舍冬日》诗'日暮拥阶黄叶深'之句，最为世所推赏。""拥"字确能显示锻炼之功。

登赤壁矶〔一〕

缓寻翠竹白沙游， 更挽藤梢上上头。〔二〕

岂有危巢尚栖鹘， 亦无陈迹但飞鸥。〔三〕

经营二顷将归去， 眷恋群山为少留。〔四〕

百日使君何足道， 空余诗句满江楼。〔五〕

【注释】

〔一〕赤壁矶（jī）：在黄州黄冈（今属湖北）城西门外，苏轼贬居黄州时，常游此地。

〔二〕上上头：前"上"字是动词。

〔三〕"岂有"句：苏轼《后赤壁赋》，"予乃摄衣而上，履巉岩，披蒙茸，踞虎豹，登虬龙；攀栖鹘之危巢，俯冯夷之幽宫"。诗言鹘巢已经不见。

〔四〕经营：规划筹谋。二顷：二顷地，指微薄的可勉强养家的产业。《史记·苏秦传》："且使我有洛阳负郭田二顷，吾岂能佩六国相印乎？"陈师道《次韵春怀》："欲作归田计，无如二顷何？"

〔五〕百日使君：作者自称。吴曾《能改斋漫录》卷六，"韩子苍靖康初守黄州，三月而罢"。使君，汉代刺史称使君。《陌上桑》："使君从南来，五马立踟蹰。"后以称州郡长官。

【评说】

作者曾从学于苏辙，对苏氏兄弟是很崇敬的。这首诗写赤壁矶之游，追忆苏轼名篇，探访遗踪，已不见鹘巢。三十年间，景物人事皆非，惆怅之情油然而生。因而，后四句的不恋仕宦而眷恋山水，并由此而及故人的怀抱，表露得很自然，很真挚。翁方纲说："韩子苍诗，平匀中自有神味……游赤壁七律，直到杜（甫）、苏（轼）分际。"（《石洲诗话》卷四）

题李伯时画太乙真人图〔一〕

太乙真人莲叶舟，　脱巾露发寒飕飕。〔二〕

轻风为帆浪为楫，　卧看玉宇浮中流。〔三〕

中流荡漾翠绡舞，　稳如龙骧万斛举。〔四〕

不是峰头十丈花，　世间那得叶如许。〔五〕

龙眠画手老入神，　尺素幻出真天人。〔六〕

恍然坐我水仙府，　苍烟万顷波粼粼。〔七〕

玉堂学士今刘向，　禁直岩峣九天上。〔八〕

不须对此融心神，　会植青藜夜相访。

【注释】

〔一〕李伯时：李公麟，字伯时，号龙眠居士，北宋著名画家、学者。太乙真人：道教神仙名。

〔二〕脱巾露发：曾季狸《艇斋诗话》，"四字出李白诗，'脱巾挂石壁，露顶洒秋风'"。巾，头巾。

〔三〕玉宇：明净如玉的天空。中流：渡程中间，这里即可理解为水面。

〔四〕翠绡：青绿色的薄绸。全句以翠绡飘舞来比喻水面轻波荡漾。龙骧：大船。苏轼《大风留金山两日》，"龙骧万斛不敢过，渔艇一叶从掀舞"。这里说水波上的"莲叶舟"像大船那样安稳。举：昂起。

〔五〕如许：如此（之大）。

〔六〕老入神：晚年（的技巧）进入神妙境界。幻出：幻化出，变幻出。真天人：真正的天人，活神仙。

〔七〕恍然：仿佛。坐我：使我坐在。

〔八〕玉堂：汉代有玉堂署，宋代以玉堂称翰林院。黄庭坚《双井茶送子瞻》诗，"人间风日不到处，天上玉堂森宝书"（苏轼曾任翰林学士）。刘向：字子政，西汉著名学者，文学家。曾整理宫廷藏书，撰成《别录》。这里以刘向指王黼，有谀美之意。王黼，字将明，祥符（今河南开封）人。曾为校书郎、翰林学士，代蔡京执政，有"贤相"之称，后又目为"六贼"之一。晁公武《郡斋读书志》卷十九："王黼尝命子苍咏其家藏《太乙真人图》诗，盛传一时。"

【评说】

全诗十六句，四句一换韵，平仄相间，布局整齐。先写太乙真人高致；次写莲叶舟浮水之美；再次写自己欣赏的感受；最后说，您不必凝神观画，真人会乘夜拄杖来访问您。确实把画家的技巧写神了，把画中人物写活了。胡仔说："李伯时画太乙真人，卧一大莲叶中，手执书卷仰读，萧然有物外思。……子苍此诗，语意妙绝，真能咏尽此画也。"（《苕溪渔隐丛话》前集卷五十三）作者有不少写得好的题画诗，如《题湖南清绝图》，"故人来从天柱峰，手提石廪与祝融。两山坡陀几百里，安得置之行李中……"其构思之妙，也足以令人激赏。

谢人送凤团及建茶〔一〕

白发前朝旧史官，　风炉煮茗暮江寒。〔二〕

苍龙不复从天下，　拭泪看君小凤团。

【注释】

〔一〕凤团：宋代用以进贡的茶叶精品，压制成龙凤纹，称龙团、凤团。下文"苍龙"即指"龙团"。建茶：宋代名茶，出福建北部建溪一带。

〔二〕"白发"句：作者在徽宗朝曾任中书舍人，兼修国史。风炉煮茗：煎茶。唐宋时饮茶用煎煮，而不是沏。黄庭坚《谢黄从善司业寄惠山泉》诗，"急呼烹鼎供茗事……风炉煮茗卧西湖"，任渊注引陆羽《茶经》曰，"风炉以铜铸之，如古鼎形；凡四窗，以备通飙漏烬之所"。

【评说】

这首诗通过一件小事（谢人送茶）来写国家的不幸和个人的痛苦。"苍龙"句暗喻中原沦陷，宋室只剩东南半壁，朝廷恩泽已不能遍及天下。诗句整炼，感情沉郁。

十绝为葛亚卿作〔一〕（选二）

君住江滨起画楼，　妾居海角送潮头。〔二〕

潮中有妾相思泪，　流到楼前更不流。

妾愿为云逐画樯， 君言十日看归航。〔三〕

恐君回首高城隔， 直倚江楼过夕阳。〔四〕

【注释】

〔一〕葛亚卿：葛次仲，字亚卿，阳羡（今江苏宜兴）人。

〔二〕起：建造。

〔三〕画樯：指代船。樯，船桅；"画"是美辞。

〔四〕"直倚"句：承第二句"看归航"说，温庭筠《梦江南》
词，"梳洗罢，独倚望江楼"。

【评说】

在宋代，这类题材已经"分工"给词了，诗中不多见。这两首
都写得好，清新畅朗，有民歌风。胡仔说："余以《陵阳集》阅之，
子苍《十绝为葛亚卿作》，皆为离之词，必亚卿与妾别，子苍代赋此
诗。"（《苕溪渔隐丛话》后集卷三十四）《诗林广记》后集引《复斋漫
录》云："晁元忠《西归》诗云，'安得龙山潮，驾回安河水。水从
楼前来，中有美人泪'，子苍之诗取此意也。唐孙叔向有《经昭应温
泉》诗云，'一道泉回绕御沟，先皇曾向此中游。虽然水是无情物，
也到宫前咽不流'，子苍末句又用孙语也。"

赠赵伯鱼〔一〕

昔君叩门如啄木， 深衣青纯帽方屋。〔二〕

谓是诸生延入门， 坐定徐言出公族。〔三〕

尔曹气味那有此， 要是胸中期不俗。〔四〕

荆州早识高与黄， 诵二子句声琅琅。〔五〕

后生好学果可畏， 仆常倦谈殊未详。〔六〕

学诗当如初学禅， 未悟且遍参诸方。

一朝悟罢正法眼， 信手拈出皆成章。〔七〕

【注释】

〔一〕赵伯鱼：宗室子弟，其他未详。

〔二〕深衣：古代诸侯、大夫、士家居所穿的衣服，又是平民的常礼服。衣裳相连，前后深长，故称深衣。详见《礼记·深衣》及其注、疏。帽方屋：当即指方山巾，古代儒生所戴的一种方形头巾。李白《嘲鲁儒》："足著远游履，首戴方山巾。"

〔三〕"谓是"二句：赵伯鱼自称是诸生，请他进来坐定以后，才慢慢说到他出身公族。诸生，在学的儒生（弟子）。公族，诸侯的同族，这里指赵氏宗室。

〔四〕"尔曹"句：一般儒生哪有（赵伯鱼）这样的志趣情调。尔曹，尔辈，汝等。杜甫《戏为六绝句》之二，"尔曹身与名俱灭，不废江河万古流"，这里承上文"诸生"说。期：怀抱的希望。

〔五〕"荆州"二句：（赵伯鱼）早就见过高和黄这样很有声望的人物了，能够琅琅上口地朗诵他们的作品。荆州，唐荆州长史韩朝宗。李白《与韩荆州书》："白闻天下谈士相聚而言曰，'生不用封万户侯，但愿一识韩荆州'，何令人之景慕一至于此耶！"后以荆州指令人仰慕的名人。高，不知指何人；黄，或指黄庭坚。

〔六〕仆：谦词，作者自指。未详：语焉未详，由于"倦谈"而未能给"后生"耐心地指点作诗的经验。

〔七〕"学诗"四句：意谓应当像参禅那样去领悟作诗门径。禅宗有渐悟、顿悟二派。这里强调"遍参诸方"，一旦透彻，便可信手成章。讲的是诗贵顿悟。正法眼，即正法眼藏，佛教语，禅宗用以指全体佛法（正法）。眼谓朗照宇宙，藏谓包罗万有。

【评说】

这首诗开头用诙谐的笔调描写赵伯鱼的形象，他那敲门的动作和穿戴言谈，都带点戏剧性，能突出个性。这使人联想起苏轼诗歌的幽默感和趣味性。最后四句以参禅论学诗之法，强调顿悟，也与苏轼以禅喻诗强调禅悟比较接近（黄庭坚也是精通禅学的，但他引禅入诗，更注意法度门径）。不过，像"诵二子句声琅琅""未悟且遍参诸方"等句子，或故作生硬，或干脆完全散文化，又是黄庭坚诗的显著特征。总之，这篇作品对于研究韩驹的理论与艺术渊源，都有重要的参考价值。

送宜黄宰任满赴调〔一〕

听说宜黄政，　他邦总不如。
里门喧诵读，　村落罢追胥。〔二〕
纵未分侯印，　犹当拥使车。〔三〕
此诗无丽句，　聊代荐贤书。

【注释】

〔一〕宜黄宰：宜黄（今属江西）知县。赴调：往就新职。调，迁转。

〔二〕"里门"句：乡里有人高声读书。"村落"句：农村里没有盗贼骚扰，不需追捕了。追胥，侦捕盗贼。诗中原注云："君修县学及拒贼，有声绩。"州县长官兴办学校、稳定治安，是很重要的政绩。

〔三〕"纵未"二句：即使不能封侯，也该做太守了。使车，使者之车。唐宋时有节度使、转运使等官职。上句是虚誉，下句是实际的期望，当指知州而言，知州相当于古之太守（使君）。

【评说】

这是一首平易的送别诗，赞美这位宜黄知县的两项具体政绩，并祝愿他仕路通达。方回以此诗为韩驹学江西派的一例证："吕居仁引韩入江西派，子苍不悦，谓所学自有从来。此诗非江西而何？大抵宣、政间忌苏、黄之学，王初寮阴学东坡文，子苍诸人皆阴学山谷诗耳。"冯舒则以为《陵阳集》实不学山谷"，纪昀也说此诗"未见必是江西"。（《瀛奎律髓汇评》卷二十四）诸家意见不同，录以备考。

徐　俯

徐俯（？—1140），字师川，号东湖居士，洪州分宁（今江西修水）人。黄庭坚之外甥。以父禧死国事，授通直郎，任司门郎。靖康中，张邦昌僭位，遂致仕。内侍郑谌识俯于江西，重其诗，荐于高宗，胡直孺、汪藻亦相继推荐，遂以俯为右谏议大夫。绍兴二年（1132）赐进士出身；三年，迁翰林学士；四年，兼权参知政事。后出知信州。著有《东湖集》，已佚。其诗有《东湖居士集》一卷（《两宋名贤小集》本）。存诗共34首。

春日游湖上

双飞燕子几时回，　夹岸桃花蘸水开。

春雨断桥人不渡，　小舟撑出柳阴来。〔一〕

【注释】

〔一〕断桥：阻断津桥。

【评说】

这首诗通过几个清新简洁的画面，写出生气盎然的春天景象。

首句用提问的方式，说春光不知不觉地来临了。第二句稍带夸张，蘸水开，一方面描绘桃花开得繁茂、桃枝柔袅；一方面也写出了春天湖水上涨而盈满的动态。最后两句尤有意趣，在优美的自然中添了人的活动，轻快、活泼，从看似平常的写生中，显示了全诗的精神。钱锺书先生说这篇作品"似乎一时传诵，所以赵鼎臣《竹隐畸士集》卷七《和默庵喜雨述怀》说，'解道春江断桥句，旧时闻说徐师川'"（《宋诗选注》）。

陪李泰发登润州城楼〔一〕

十年不复上南楼， 直为狂酋作远游。〔二〕

满地江湖春入望， 连天章贡水争流。〔三〕

青云聊尔居金马， 紫气还应射斗牛。〔四〕

公是主人身是客， 举觞登望得无愁。〔五〕

【注释】

〔一〕李泰发：李光，字泰发，上虞（今属浙江）人。崇宁五年（1106）进士，南宋初官至参知政事。因与秦桧争和议，被贬海南。润州：今江苏镇江。

〔二〕狂酋：指金人说。建炎（1127—1130）初，金兵大举南侵，官民纷纷避难。

〔三〕章贡：章水源出大庾岭，贡水源出武夷山，至赣州汇合后称赣江，为江西最大河流。

〔四〕青云：比喻清高。金马：金马门，汉代宫门名（因门旁有铜马，故称），才能秀异之士常待诏于此。后世以玉堂金马为翰林、馆阁的美称，这里指李光的职务说。"紫气"句：《晋书·张华传》载，"吴之未灭也，斗牛之间常有紫气"，张华问雷焕说："是何祥也？"雷焕回答："宝剑之精，上彻于天耳。"王勃《滕王阁序》："物华天宝，龙光射牛斗之墟。"这里似是喻指南宋皇帝和朝廷终能振作，收复失地。

〔五〕公：指李光。身：作者自指。

【评说】

这首诗气象开阔，笔墨凝重。主题在于借登楼览景来感慨时事。第二句点出背景。第三、四句在江湖大地一片春色之中，作者似乎看到远隔千里的故乡；"水争流"，是赣江注入鄱阳湖分汊很多、众道争流的壮观，也是对抗金国军民意气的写照。最后说自己和李光虽然主客身份不同，但忧时伤国的情怀是一样的。吴曾认为此作"绝类（刘）长卿"《和樊使君登润州城楼》，"其间一联，如出一手也"(《能改斋漫录》卷八《沿袭》)。今录刘长卿诗如下，以资比较："山城迢递敞高楼，霭霭吹铙居上头。春草连天随北望，夕阳浮水共东流。江田漠漠全吴地，野树苍苍故楚州。王粲尚为南郡客，别来何处更销忧。"平心而论，模仿之迹虽然明显，但徐作气格声调毕竟高于刘诗。

庭中梅花正开用旧韵贻端伯〔一〕

羌笛何劳塞北吹，　江南何处不寒梅。〔二〕

千林寂寂无人看，　独树亭亭对客开。

偏为咨嗟唯尔念，　是谁移种待君来。〔三〕

纵留一曲安能唱，　恰似朝歌墨子回。〔四〕

【注释】

〔一〕贻（yí）：赠送。端伯：曾慥，字端伯，晋江（今属福建）人，官至直宝文阁，博学能诗，著述颇多。

〔二〕"羌笛"二句：《乐府诗集》卷二十四录汉横吹曲《梅花落》辞十余首。解题云："《梅花落》，本笛中曲也。"吴均诗云："隆冬十二月，寒风西北吹。独有梅花落，飘荡不依枝。"刘禹锡《杨柳枝词九首》之一："塞北梅花羌笛吹，淮南桂树小山词。"羌笛，乐器名，本出古羌族（居甘肃、青海一带）。这二句大意是，西北地区只是有笛曲《梅花落》，而江南处处可见梅花。

〔三〕"偏为"句：鲍照《梅花落》诗，"中庭杂树多，偏为梅咨嗟。问君何独然，念其霜中能作花，露中能作实"。咨嗟，赞叹。

〔四〕"恰似"句：出处待考。墨子反对音乐及其他文艺审美活动，认为有害于国计民生，详见《墨子·非乐》。又《贵义》篇有"子墨子南游使卫"，一路不敢废读书的记载。卫的初都朝歌，即商纣所都，为武王攻灭之地。

【评说】

这首咏梅诗的三、四两句，一方面是写实，一方面也包含着理趣，可供玩味。以全篇言，用典嫌僻，造语亦滞。徐俯另有一首咏雪诗《戊午山间对雪》，其前四句云："雪中出去雪边行，屋下吹来屋上平。积得重重那许重，飞来片片又何轻。"已经不是以俗为雅，而是以俗为俗了。方回说："师川诗律疏阔。其说甚傲，其诗颇拙。"

（《瀛奎律髓汇评》卷二十）这大概就是所谓江西"末流"的习气了；即使徐俯这样有名气的作家，也难免露出"末流"的疵病。

再次韵题于生画雁〔一〕

彭蠡何限秋雁，　此君胸次为家。〔二〕
醉里举群飞出，　着行排立平沙。

【注释】

〔一〕于生：于逢辰，宋代画家。

〔二〕彭蠡：鄱阳湖。

【评说】

这首诗不刻画画作如何肖物传神，而是用夸张的手法描述画家创作的过程。鄱阳湖无数秋雁，都"生活"在画家心里；画家乘醉挥毫，雁群即随之从"胸次"飞出，成行地排列在沙滩上。苏轼有诗写自己作画的情形："空肠得酒芒角出，肝肺槎牙生竹石，森然欲作不可回，吐向君家雪色壁……"（《郭祥正家醉画竹石壁上郭作诗为谢且遗二古铜剑》）空肠得酒，酣醉间把竹石"吐向"白墙上，欲罢不能，创作冲动是何等强烈。徐俯的诗虽然不如苏诗的奇气纵横，令读者森然动魄，但构思是从东坡学来的。又，黄庭坚《次韵黄斌老所画横竹》诗有句云："酒浇胸次不能平，吐出苍竹岁峥嵘。"其间关系如一脉相承。

附　录

论黄庭坚与江西诗派

在中国诗史上，黄庭坚与欧阳修、王安石、苏轼可称为北宋四大家。他是"苏门四学士"之一，对苏轼始终是推崇敬仰的，但文学主张和创作实践都没有受到这位老师兼知友的明显影响。他顽强地探索着自己的道路，力争创造一种不同于前人的诗歌风格。他的愿望基本上实现了。如果说，最能全面地反映宋诗成就的是苏轼；那么，最能集中地代表宋诗特点（包括它的弱点）的，当是黄庭坚。他的声誉很快就赶上了苏轼，取得了苏、黄并称的地位。由于种种原因，比如说，苏轼写诗多凭才华，论诗强调自然而少谈法度，学者不易入门；黄则写诗多凭功力，论诗强调规矩而喜指示步骤。比如说，黄诗的崭新独特的面目更容易吸引年轻的诗人们。总之，黄庭坚的影响所及，竟造成了一个颇有声势的，在中国诗史上占有重要地位的江西诗派。

作为一代诗宗，黄庭坚虽然没有写出系统地阐述自己文学主张的专著，但散见于其诗文书信及题跋中的有关资料是不少的，涉及的内容也很丰富。常为论者所引用的是《书王知载胊山杂咏后》：

> 诗者，人之情性也；非强谏争于庭，怨忿诟于道，怒邻骂座之为也。其人忠信笃敬，抱道而居，与时乖逢，遇物悲喜，同床而不察，并世而不闻；情之所不能堪，因发于呻吟调笑之声，胸次释然，而闻者亦有所劝勉。比律吕而可歌，列干羽而可舞，是诗之美也。其发为讪谤侵陵，引颈以承戈，披襟而受矢，以快一朝之忿者，人皆以为诗之祸；是失诗之旨，非诗之过也。

这段话是元符元年（1098）作者贬居戎州时写的。其中所谓"诗祸"，很明显是指新旧党争和苏轼所遭"乌台诗案"的惨痛教训的（他自己一再遭贬，究其实也是文字狱）。他还曾特别指出，东坡文章妙天下而好怒骂，告诫亲友不可学。但更重要的是如下的几点：一是论诗强调温柔敦厚，说明黄庭坚受儒家诗教影响较深；二是重视诗歌的抒情性，而且着眼于抒"与时乖逢，遇物悲喜"之情；三是提出了诗歌的审美价值，要可歌可舞，才是诗之美也。他标举"诗意无穷""兴寄高远"，高度评价曹植、陶渊明、李白、杜甫等古代作家的成就；在《答何静翁书》中称奖何氏"所寄诗醇淡而有句法，所论史事不随世许可，取明于己者而论古人，语约而意深，文章之法度盖当如此"。在《再用前韵赠高子勉四首》中，勉励高生"行要争光日月，诗须皆可弦歌。着鞭莫落人后，百年风转蓬科"。也大体是人品与诗品、内容与形式并重的。如果不对"内容"作过于狭隘的理解，也就不会认为黄庭坚的诗论是只重形式了。

黄庭坚诗论中关于艺术和技巧的部分在当时和后世都发生了巨大的影响。在中国诗歌史上，唐诗是一座巍峨的高峰，它的艺术已完全成熟了；在后人眼里，几乎尽善尽美，蔑以加矣。要想比美唐诗，必须另觅蹊径。黄庭坚诗论的指导思想，就是要在继承前人成果的基础上，力求独创，通过学习唐诗艺术，力求与唐诗异趣。他反复强调不随人后，自成一家："随人作计终后人，自成一家始逼真"（《以右军书数种赠丘十四》）；"文章最忌随人后"（《赠谢敞王博喻》）。如何才能使诗艺推陈出新，自具面貌呢？黄庭坚有比较明确的论述：

> 庭坚老懒衰堕，多年不作诗，已忘其体律；因明叔有意于斯文，试举一纲而张万目：盖以俗为雅，以故为新。百战百胜，如孙吴之兵；棘端可以破镞，如甘蝇飞卫之射。此诗人之奇也，明叔当自得之。（《再次韵》序，着重号为引者所加，下同）

> 诗意无穷，而人之才有限；以有限之才，追无穷之意，虽渊明少陵不得工也。然不易其意而造其语，谓之换骨法；窥入其意而形容之，谓之夺胎法。（惠洪《冷斋夜话》卷一）

这两段话历来理解不一，争议颇多。贬之者甚至认为是"特剽窃之黠者耳"。如果结合黄庭坚上述其他议论及其创作实践来看，可以肯定他决非教人剽窃。"以俗为雅，以故为新"和"夺胎换骨"的基本精神是相通的，即要求在精熟前人构思命意和遣词造句的技巧的基础上，加以融汇、陶冶和发挥变化，为我所用，经过再创造而成为新的艺术技巧（或新的建构材料）。在学习继承中求发展创新，应该是文学史上的一个普遍规律，黄庭坚的主张也应该得到肯定。

为了继承前人诗艺，黄庭坚重视读书学习，经常以此谆谆教导后学。他特别推崇杜诗韩文的博大丰赡，"无一字无来处"；并强调"古之能为文章者，真能陶冶万物。虽取古人之陈言入于翰墨"，也能如"灵丹一粒，点铁成金"（《答洪驹父书》）。在这里应当指出，他说的通过读书积累，点化陈言，只是明其一端。总之，黄庭坚认为学诗是有门径和法度的，这门径和法度主要通过学习古人来获得；获得门径和法度的目的，归根到底又在于推陈出新，自成一家。正因为如此，他又痛斥模仿因袭的恶习，"楚宫细腰死，长安眉半额。比来翰墨场，烂熳多此色"，指出"文章本心术，万古无辙迹"（《寄晁元忠十首》之五）。要求文艺创作"萧然出于绳墨之外，而卒与之合"（《题颜鲁公帖》）。这是一条由学习到创新，由有法到无法的学诗途径。《题徐巨鱼》也许可以代表黄庭坚理想中的诗歌艺术所应该达到的境界：

> 徐生作鱼，庖中物耳。虽复妙于形似，亦何所赏；但令嚵（chán）獠生涎耳。向若能作底柱析城，龙门岌嶪，惊涛险壮，使王鲔赤鲤之流，仰波而上溯，或其瑰怪雄杰，乘风霆而龙飞。彼或不自料其能薄，乘时射势，不至乎中流折角点额；穷其变态，亦可以为天下壮观也。

在现存将近两千首黄诗中，直接反映政治社会现实的不多。他任亲民之官，大不过知县，但能关心民瘼，勤于理治。在叶县作《流民叹》，描写了水旱地震给人民带来的苦难，并表示深切的同情。在太和县，曾为赋盐事深入农村，作纪行诗十余篇，相当全面地反映了山区的风俗民生和自己内心的感受与矛盾："穷乡有米无食盐，今日有田无米食（史容注云，当作'今日有盐无食米'）。"（《上大蒙笼》）"尚余租庸调，岁岁稽法程。按图索家资，四壁达牖窗。掩目鞭扑之，桁杨相推挭。身欲免官去，驽马恋豆糠……苦辞王赋迟，户户无积藏。民病我亦病，呻吟达五更。"（《己未过太湖僧寺得宗汝为书寄山蕷白酒长韵诗寄答》）这一类作品说明诗人是重视歌民病、忧黎元的诗歌创作传统的。黄庭坚对边事也很关心。《送范德孺知庆州》以满腔热情赞美范纯粹（德孺）的父兄仲淹、纯仁的才德威名，鼓励他在与西夏接壤的边地庆州能全心全意保疆御敌："智名勇功不入眼，可用折棰笞羌胡。"《和游景叔月报三捷》歌颂了元祐二年（1087）宋军破洮州擒鬼章的胜利，洋溢着喜悦之情："汉家飞将用庙谋，复我匹夫匹妇仇。真成折箠禽胡月，不是黄榆牧马秋……愿见呼韩朝渭上，诸将不用万户侯。"《送顾子敦赴河东三首》则恳切地希望朋友在边地能发展生产，增加粮食，关心民病，爱惜民力："要知使者功多少，看取春郊处处田"（其一）；"塞上金汤唯粟粒"（其二）；"两河民病要分忧。犹闻昔在军兴日，一马人间费十牛"（其三）。

在黄诗中，数量最多的是反映个人生活遭际和日常行止情怀，咏唱亲情友谊和酬答赠谢，以及描写行旅登览、自然景象和题跋书画的作品；其中有不少好诗，是经过认真的酝酿构思，融入了作者的真情实感的。这些诗不仅成为黄诗艺术的代表，而且能从中看到作者的风度气质和品格。《夏日梦伯兄寄江南》、《次韵寅庵四首》之二之三、《赣上食莲有感》、《次韵答曹子方杂言》、《和答元明黔南赠别》、《晓起临汝》、《登快阁》、《池口风雨留三日》、《过家》等，都是写亲情友谊和生活情怀的佳作。如《再次韵寄子由》：

> 想见苏耽携手仙，青山桑柘冒寒烟。麒麟堕地思千里，虎豹憎人上九天。风雨极知鸡自晓，雪霜宁与菌争年。何时确论倾樽酒，医得儒生自圣颠。

这是苏氏兄弟被谪后，黄庭坚于元丰四年（1081）写给苏辙的。诗的前半遥想子由在贬所的清苦生活和有志不得驰骋的处境，进而指斥啄害贤才的"虎豹"。后半不只是对朋友的消极的安慰，其中包含着一种兀傲倔强的精神；不仅写了朋友，也写了自己。说要治一治"自圣颠"，实际上是在欣赏和肯定这种品格。赞美清高厌俗的性格节操，表现诗人的自我形象，是黄诗的一个重要主题。"藤萝得意干云日，箫鼓何心进酒樽。白屋可能无孺子，黄堂不是欠陈蕃。"（《徐孺子祠堂》）"明月清风非俗物，轻裘肥马谢儿曹。"（《答龙门潘秀才见寄》）"人乞祭余骄妾妇，士甘焚死不公侯。"（《清明》）"清谈落笔一万字，白眼举觞三百杯。"（《过方城寻七叔祖旧题》）"养性霜刀在，阅人清镜空。时时能举酒，弹铗送飞鸿。"（《陈留市隐》）"松柏生涧壑，坐阅草木秋。金石在波中，仰看万物流。抗脏自抗脏，伊优自伊优。但观百世后，传者非公侯。"（《次韵杨明叔见饯十首》之九）无论咏歌的对象为谁，都有作者自己的真性情、真思想在。从这个角度说，黄诗的内容不仅不贫乏，而且自有它的现实性和深刻性。有时一首短短的题画诗，作者也要渗透自己的情感，显露自己的品格。如《题李亮功戴嵩牛图》："韩生画肥马，立仗有辉光。戴老作瘦牛，平田千顷荒。觳觫告主人，实已尽筋力。乞我一牧童，林间听横笛。"不做立仗有辉光的肥马，只求做林间听笛的瘦牛。这和作者的生平出处是契合的。又如《题花光老为曾公卷作水边梅》：

梅蕊触人意，冒寒开雪花。遥怜水风晚，片片点汀沙。

这首诗作于远谪宜州路经衡阳时。画面上明明是刚刚开放的花，却引起诗人的遐思，似乎看见了晚风吹过的水边，飘散着片片落英，点缀着沙洲。梅花冒寒雪而开，着汀沙而去，其傲骨清操正如贤人君子。作者也许是想起了已经殒落的文坛明星苏轼、秦观，并连类及己，因而发出感喟，梅格即是人格。

此外，黄庭坚精通禅学，造诣或在苏轼之上。他的作品有不少是论禅理或带着禅学色彩的，但往往缺乏诗意而偏于议论。日常生活中纯属于应酬的内容，如答谢他人一物之赠的代束式的作品，也是量多而质次。

黄庭坚在诗歌史上的最重要的贡献还在于关于创作技巧的探索。他有一种强烈的创新意识，渴望能在唐诗这座高峰之旁，另辟蹊径，寻求诗艺的新天地、新风格。

第一，他在学习杜甫的基础上，大力实践和发展"拗律"。黄庭坚当然能写出地道的律诗，如《次韵奉答文少激纪赠二首》之二："文章藻鉴随时去，人物权衡逐势低。扬子墨池春草遍，武侯祠庙晓莺啼。书帷寂寞知音少，幕府留连要路迷。顾我何人敢推挽，看君桃李合成蹊。"写世态友情和个人心境，有牢骚，有感慨，内容大体充实；而全诗声律无不谐，语意无不畅，平仄无一不合，词藻无一生僻。不过，它毕竟缺乏新的独特的面貌。黄庭坚的追求，就是要突破这种熟套。他创作了大量的拗律。如《汴岸置酒赠黄十七》：

吾宗端居丛百忧，长歌劝之肯出游。黄流不解浣明月，碧树为我生凉秋。初平群羊置莫问，叔度千顷醉即休。谁倚柜楼吹玉笛，斗杓寒挂屋山头。

这首诗从用韵看，从中二联的对仗看，都是律诗的规格。但除末联以外，第一、二联与第二、三联之间失黏，各句之中平仄基本失对，"生凉秋"又是三平脚。又如著名的《题落星寺岚漪轩》全诗，以及《题胡逸老致虚庵》前三联，都是有意违律的典型例子；更多的情况是在一首之中着一二拗句，一句之中用一二拗字，在总体合律的情况下显出佶屈之处，避免圆熟。胡仔引《禁脔》说："鲁直换字对句法，如'只今满坐且樽酒，后夜此堂空月明。'……'秋千门巷火新改，桑柘田园春向分。'……其法于当下平字处以仄字易之，欲其气挺然不群。"（《苕溪渔隐丛话》前集卷四十七）实际上黄诗的拗体，其内涵远远超出了一般所谓"拗救"，也超出了吴沆《环溪诗话》所指出的一联一句的范围，视上举《汴岸置酒赠黄十七》等篇可知。不过，他们说拗体的特点，在于"其诗以律而差拗，于拗之中又有律焉"，"诗才拗则健而多奇，入律则弱为难工"；拗体的作用在于"欲其气挺然不群"，都是对的。正如赵翼所说："自中唐以后，律诗盛行，竞讲声病，故多音节和谐，风调圆美。杜牧之恐流于弱，特创豪宕波峭一派，以力矫其弊。山谷因之，亦务为峭拔，不肯随俗为波靡，此其一生命意所在也。"（《瓯北诗话》卷十一）黄庭坚大力创制拗体律诗，确实收到了避俗出新之效。

　　第二，他在谋篇布局和章法句法方面力求严整有法度而又能变化多姿，从两者的对立统一中创新出奇。前人评山谷七言歌行"雄浑深厚"，"严整有格律"，"有史法"，固会用"逆笔"而多节制顿挫，等等，都说明黄庭坚在七古创作中能精心设计，通过灵活地运用史传铺叙议论的特点、散文造句的手法、韵律变换的不同方式，使长诗的词意和层次或一气盘旋而下，或富于波澜顿挫，各臻其巧。如《武昌松风阁》记叙、描写、感慨相交织，而用直叙法，句句用韵，一韵到底。《听宋宗儒摘阮歌》先写弹琴人，后写琴声，以仄韵一气而下，在散体中加入整齐的对偶来调节节奏；最后五句换平韵作结。《次韵子瞻寄眉山王宣义》的特点在于词气的勃郁、意蕴的深厚和表达的曲折。《老杜浣花溪图引》则多用杜诗的词藻来写杜甫的生活和思想，力求具体细致地再现老杜形象，因而气韵平缓从容。全诗三十句，前二十八句大体像七首首句入韵的绝句，不过有的是押仄韵罢了，在平仄韵错落相接之间，意随韵转，似断实连；最后两句押韵，点题作结。这种种写法，反映了作者用功之深。再看《送张材翁赴秦签》：

　　　　金沙酴釂春纵横，提壶栗留催酒行。公家诸父酌我醉，横笛送晚延月明。此时诸儿皆秀发，酒间乞书藤纸滑。北门相见后十年，醉语十不省七八。吏事衮衮谈赵张，乃是樽前绿发郎。风悲松丘忽三岁，更觉绿竹能风霜。去作将军幕下士，犹闻防秋屯虎儿。只今陛下思保

民，所要边头不生事。短长不登四万日，愚智相去三十
里。百分举酒更若为，千户封侯傥来尔。

通过追叙、插叙，畅说两代交情之深和自己对张材翁的深刻印
象；而后转折至当前材翁赴边塞拒敌的正题，"只今"以下三
联又生顿挫转折，说了三层意思。前十二句，四句一换韵而六
句一换意，用韵平仄相间，造成韵转意连、错落回环之美。长
篇如此，短章虽自有体制的特点和局限，但也同样讲究精心结
构。最常见的是语言的浓缩和意蕴的跳跃。方东树说："凡短
章，最要层次多。每一二句，即当一大段，相接有万里之势。
山谷多如此。"（《昭昧詹言》卷十一）如《次元明韵寄子由》、
《次韵道辅双岭见寄三叠》之三、《渡河》、《戏呈孔毅父》、
《新喻道中寄元明用觞字韵》，都能以丰富的层次传达深厚的
情意。至于"坐对真成被花恼，出门一笑大江横""想见真龙
如此笔，蒺藜沙晚草迷川""能令汉家重九鼎，桐江波上一丝
风""忽看高马顿风尘，亦思归家洗袍袴"，更是通过新鲜的想
象与联想，活泼跳跃的语句，收到"相接有万里之势"的艺
术效果。元祐三年（1088）作的《忆邢惇夫》是悼念亡友的：
"诗到随州更老成，江山为助笔纵横。眼看白璧埋黄壤，何况
人间父子情。"前二句说邢惇夫诗作得好，平平而起；第三句
说邢不幸早死，第四句本应写自己的极度悲悼，却省略了，直
接"何况人间父子情"，以至有人认为语法上有毛病，实际上
这种浓缩和跳荡，正加深了诗的主题。

　　第三，黄庭坚的创作极重炼字琢句。他精心地遣字构句和用典使事，务求其精工与生新。就炼字说，如"快阁东西倚晚晴""十年种木长风烟""敌人开户玩处女""笔下马生如破竹""天上玉堂森宝书""寄雁传书谢不能""一笑粲万瓦"，等等；就琢句说，如"万里书来儿女瘦，十月山行冰雪深""家徒四壁书侵坐，马耸三山叶拥门""万竿苦竹旌旗卷，一部鸣蛙鼓吹秋""寒虫催织月笼秋，独雁叫群天拍水""沧江鸥鹭野心性，阴壑虎豹雄须牙""心似蛛丝游碧落，身如蜩甲化枯枝""管城子无食肉相，孔方兄有绝交书"，等等。这些例子说明，黄庭坚善于精心挑选和组织字句，通过独到的艺术处理，显示出奇警峭拔的意象和生新的审美趣味。方回曾比较苏黄诗之异，说"坡诗天才高妙，谷诗学力精严。坡律宽而活，谷律刻而切云"（《瀛奎律髓汇评》卷二十一）。"刻而切"，正是黄诗字法句法的一大特点。黄庭坚在用典使事方面也力求推陈出新，不落俗套。如《和答钱穆父咏猩猩毛笔》："爱酒醉魂在，能言机事疏。平生几两屐，身后五车书。物色看王会，勋劳在石渠。拔毛能济世，端为谢杨朱。"先说猩猩贪酒，能言，爱屐，再说猩猩毛笔能写书，再说它的来历和勋劳，最后申拔毛可以济世之意。八句诗用七处典。冯舒认为它"粘皮带骨"，冯班评之曰"无古人法"；纪昀和王士禛则分别认为"点化甚妙，笔有化工，可为咏物用事之法""超脱而精切，一字不可移易"。似乎从典故中看出了深一层的内涵，所以不觉其粘皮带骨，而誉为超脱精切，妙于点化。与其说它无古人法，倒不如说它肯于以故为新。

上述几个方面的特点，构成黄庭坚诗歌的基本风貌：力矫俗格，瘦劲奇新。前人对这种艺术风格的评价，有极中肯綮者。如陈衍说："黄山谷诗，语必生造，意必新奇，想力所通，直穷天际。"（《宋十五家诗选》）姚范说："涪翁以惊创为奇，其神兀傲，其气崛奇，玄思瑰句，排斥冥筌，自得意表。"（《援鹑堂笔记》卷四十）方东树说："入思深，造句奇崛，笔势健，足以药熟滑，山谷之长也。"（《昭昧詹言》卷十二）当然，还应该看到，除了大力实践和探索一种崭新的诗风外，黄庭坚也有不少流畅清新、易解易诵的佳作，如七律《过平舆怀李子先时在并州》《次韵王定国扬州见寄》，五律《早行》、《次韵刘景文登邺王台见思五首》之二，七绝《病起荆江亭即事十首》之一、《雨中登岳阳楼望君山二首》之一、《鄂州南楼书事四首》之一。黄爵滋说："山谷诗尽多自然佳句，若徒学其涩处，岂非买椟还珠。"（《读山谷诗集》）此评的上句无疑是对的。下句所谓"涩"，如果指的是奇奥幽深，则不应以买椟还珠为喻；因为自然清新与奇奥幽深都是美的，二者并存，正好说明大家的艺术风格的多样性。

宋诗发展的特点是继承唐诗而另辟蹊径。杜甫是唐诗的一座丰碑，但唐人多不学杜。晚唐李商隐着重从格律等艺术形式方面努力学习杜诗的方法技巧。至宋代，杜诗韩文的价值被重新发现，崇杜学杜的人也多起来；但声名最大的仍然是通过李商隐学习杜诗艺术形式的西昆派。这大概是时代的风气和作者的生活与思想决定的。黄庭坚继承和学习杜甫，也同样偏重于艺术方面。陈师道说："唐人不学杜诗，惟唐彦谦与今黄亚夫庶、谢师厚景初学之。鲁直，黄之子、谢之婿也。"（《后山诗话》）黄庶有《伐檀集》，谢景初有《宛陵集》，都是名重一时的诗人，黄庭坚从少年和青年时代起就在他们的影响下学习杜甫。"山谷父亚夫诗自有句法……山谷句法高妙，盖其源流有所自云。"（《洪驹父诗话》）"山谷对余言，谢师厚七言绝类老杜，但人少知之耳……然庭坚之诗竟从谢公得句法，故尝有诗云：'自往见谢公，论诗得濠梁。'"（《王直方诗话》）杜甫自言"语不惊人死不休""晚节渐于诗律细"，他在完善和发展诗艺方面确实下了很大功夫，发挥了创造精神，给后人留下了丰富的遗产。李商隐和杨亿等人学杜，也有一定的成绩。黄庭坚的特点在于既能以学杜为主，又能兼采诸家，而自成一格；也就是说，在于他的独创性。"山谷之学杜，绝去形摹，尽洗面目，全在作用；意匠经营，善学得体，古今一人而已。""杜七律所以横绝诸家，只是沉著顿挫，恣肆变化，阳开阴合，不可方物。山谷之学，专在此等处，所谓作用。"（方东树《昭昧詹言》卷二十）黄庭坚对诗艺的探索精神及实践成果，上文已经做了充分的肯定。但是，任何探索都不可能是无过无不及、恰到好处而完美无缺的。黄庭坚的缺点和失误，在于"过于出奇"(《后山诗话》)。其主要表现是：

一、在音节格律上过于出奇，甚至使某些作品体制难分，有人视为七律，有人视为古体。二、在遣词造句上过于出奇，一些作品变得难于理解，连查慎行这样的学者，也在《得树楼杂钞》中举出了"未详出处""不可解"的若干例子。陈衍引张广雅论诗，谓"黄吐语多槎牙，无平直，三反难晓，读之梗胸臆；如佩玉琼琚，舍车而行荆棘"(《石遗室文集》卷九)。三、在构思和用典上过于出奇，也容易弄巧反拙或产生误会，如《和师厚接花》，意在出奇而被讥为"腐陋""拙丑""不成诗"。又如"人骑一马钝如蛙""东县闻铜臭"这一类句子，诗意也是不美的。王士禛引张峋说："(黄庭坚)古、律诗酷学少陵，雄健太过，遂流而入于险怪，要其病在太著意，欲道古今人所未道语耳。"(《带经堂诗话》卷一，着重号为引者所加，下同)赵翼评苏黄异同云："山谷则专以拗峭避俗，不肯作一寻常语，而无从容游泳之趣……山谷则书卷比坡更多数倍……故往往意为词累，而性情反为所掩。"(《瓯北诗话》卷十一)都是平心之论。以上指出的缺陷，应归之于探索和创新过程中的失误，有些是难以完全避免的。这当然不包括偏旁诗、药名诗、建除体一类文字游戏作品在内；文字游戏与诗艺探索是不相干的，这些作品在山谷诗集所占的数量，也不像批评者所指出的那么多。总之，黄庭坚的成就及其在诗史上的重大影响，是他最后完成了诗歌艺术由唐音转为宋调的过程，并因为大力提倡学习杜甫诗艺和钻研形式技巧而产生了在中国文学史上很有影响的诗歌流派——江西诗派（请参阅本书《前言》）。

　　陈师道是江西诗派中取得了很高的成就、地位仅次于黄庭坚的诗人，故黄、陈并称。他一生贫困，家不能自给，妻子和他本人都曾寄食于岳父郭概；但他性情刚介，清节自守，不慕荣利，不附权贵。"与赵挺之友婿，素恶其人，适预郊祀行礼，寒甚，衣无绵，妻就假于挺之家，问所从得，却去不肯服，遂以寒疾死。"（《宋史·陈师道传》）其品格深为时贤和后人所激赏。他的创作态度极为认真，每有所得，则归家登榻，"引被自覆，呻吟久之，矍然而兴，取笔疾书，则一诗成矣；因揭之壁间，坐卧哦吟，有窜易至月十日乃定。有终不如意者，则弃去之"（徐度《却扫篇》卷中）。正因为如此，尽管"其志专欲以文学名后世"（魏衍《彭城陈先生集记》），但留下来的诗作不足 700 首。他大约是继贾岛、李贺之后最有名的苦吟诗人。

　　在诗歌理论方面，陈师道和黄庭坚有相同之处。比如他强调学杜，却不大满意苏诗的刺怨，"苏诗始学刘禹锡，故多怨刺，学不可不慎也"（《后山诗话》）。又比如他所说的学杜，主要是指杜甫的作诗技法，他说："今人爱杜甫诗，一句之内，至窃取数字以仿像之，非善学者；学诗之要，在乎立格、命意、用字而已。"（张表臣《珊瑚钩诗话》卷二引）不过，他觉得黄庭坚"过于出奇，不如杜之遇物而奇也。三江五湖，平漫千里，因风石而奇尔"(《后山诗话》)，要求奇得自然，不能过于造作，流为险怪。

由于社会经历和生活以及创作思想的局限，陈师道的诗作很少涉及国计民生一类的题材。元祐三年（1088）写的《送杜侍御纯陕西转运》指出边地军粮转运之艰难，在敌我力量相当的形势下，应以设法招降为上策。元丰七年（1084）的《送外舅郭大夫西川提刑》和元祐三年（1088）的《送外舅郭大夫夔路提刑》说，"盗贼非人情，蛮夷正狼顾。功名何用多，莫作分外虑""可使人无讼，宁须意外忧。平生晏平仲，能费几狐裘"，都是规劝其岳父省刑爱民、不贪功利的。作于元祐三年（1088）的《追呼行》："去年米贱家赐粟，百万官仓不余掬。青钱随赐费追呼，昔日剜疮今补肉。今年夏旱秋水生，江淮转粟千里行。不应远水救近渴，空仓四壁雀不鸣……十年敛积用一朝，惊涛破山风动地。"作于元祐五年（1090）的《田家》："鸡鸣人当行，犬鸣人当归。秋来公事急，出处不待时。昨夜三尺雨，灶下已生泥。人言田家乐，尔苦人得知。"分别揭示国家赈灾的失误和人民生活的痛苦。没有机会深入社会的诗人，对重大现实问题做出反映的程度，大抵如此。陈诗最大量、最基本的内容是诗人自己的生活和情怀。通过这些作品，也可以窥见当时社会现实的某些侧面，可以了解诗人的思想和品格。

在两宋诗人中，陈师道大概是最为穷苦潦倒的一位。他的许多诗篇都写到了这个方面。如《暑雨》："束湿炊悬釜，翻床补坏垣。倒身无著处，呵手不成温。"如《拟古》："盎中有声囊不瘿，咽息不如带加紧。人生七十今已半，一饱无时何可忍……"其中或许有些夸张，但证之诗人生平，他常常衣食无着，难免饥寒则是事实。近人陈衍对陈师道的"特立独行，守道固穷"有很高的评价："不以久屈而贬其高""宁冻死不易其操"。孤高自守，厌弃流俗，也是陈诗的一个重要内容。如《后湖晚坐》：

> 水净偏明眼，城荒可当山。青林无限意，白鸟有余闲。身致江湖上，名成伯季间。目随归雁尽，坐待暮鸦还。

诗的前半写清静幽远之景，景中有情；后半抒孤高寡合之情，情以景出，意思蕴藉。纪昀说："此诗颓然自放，傲然自负，觉眼前无可语者，惟看雁去鸦还耳。"（《瀛奎律髓汇评》卷十五）这种情怀有时候表达得非常直白："芒鞋竹杖最关身，散发披衣不待人。三两作邻堪共话，五千插架未为贫。"（《绝句四首》之二）"俗子推不去，可人费招呼。世事每如此，我生亦何娱！"（《寄黄充》）

陈诗的第三个重要内容是关于亲情友谊的。《送内》、《寄外舅郭大夫》之一、《别三子》等作品，沉痛呜咽，情意真挚，在歌舞升平的世界里发出哀言。杨万里以《送内》比杜甫《羌村》组诗，认为"皆有一唱三叹之声"(《诚斋诗话》)。潘德舆评《示三子》等数诗说："沛然至性中流出，而笔力沉挚又足以副之，虽使老杜复生不能过。"(《养一斋诗话》卷六)陈师道珍视亲情，也看重友谊，在他的狭小的生活和感情的天地里，友谊占了突出地位；即使是唱和赠答，也很少敷衍之作，一般都写得恳切深沉。如《次韵晁无斁冬夜见寄》："寒窗冷砚欲生尘，短枕长衾却自亲。老子形骸从薄暮，先生意气尚青春。覆杯不待回丹颊，危坐犹能作直身。城郭山林两无得，暮年当复几沾巾。"第一联写生活的清寒，第二联通过对照来劝勉朋友，第三联说自己身体差健，第四联以仕隐两难为苦。诗中流露的主要是倔强自负的个性，向朋友说真心话的坦诚。《送王元均贬衡州兼寄元龙二首》之一"宛洛风尘莫回首，直须留眼送归鸿"，之二"诗礼向来堪发冢，孙刘能使不为公"，因朋友的无辜遭贬而指斥、蔑视污浊的官场，并用《庄子·外物》所写的"儒以诗礼发冢"这个著名的寓言故事来揭露排轧贤士的当政者的虚伪与卑劣。作者能与受害的朋友同悲凉共愤懑，写作时感情激越，不是一味地宽解或敷衍。此外，如《寄侍读苏尚书》《怀远》《寄文潜无咎少游三学士》《和黄预感怀》等作品所表达的对师友门生的思念、关心和劝勉都是出自衷心的。陈师道还写过一些登览、行役、节令方面的诗，其中也有佳作，如《登快哉亭》《宿齐河》等。

在诗歌艺术方面，陈师道于前人推崇陶、谢、杜甫，于同代推崇黄庭坚；经过艰苦的探索，在转益多师的基础上形成了自己的风格，在诗史上可为一家。

首先，陈诗在抒情写怀上，往往从淡泊中见深沉。陈师道一生穷苦，衣食不给，同时又狷洁孤傲，交际不广。丰富的感情和内向的性格使得他以诗歌创作作为表现心灵、肯定自我，从而得到慰藉的一种手段；换句话说，他写诗主要是为己，而不是为人。这是能从淡泊中见真情，显得浑厚深挚的基本原因。如《宿合清口》：

> 风叶初疑雨，晴窗误作明。穿林出去鸟，举棹有来声。深渚鱼犹得，寒沙雁自惊。卧家还就道，自计岂苍生。

前二联写旅途之景。第三联以惊寒之鸟自喻，而羡深潜自得之鱼。第四联说，不在故山高卧，而奔走道路间，是个人生计所迫，谈不上大济苍生。看来平和冲淡，细味其含蕴则深沉真挚。又如《元符三年七月蒙恩复除棣学喜而成诗》："老作诸侯客，贫为一饱谋。折腰真耐辱，捧檄敢轻投。早作千年调，中怀万斛愁。暮年随手尽，心事许溟鸥。"这首诗作于元符三年（1100），作者在丁母忧离职后，寄食曹州又困居徐州共五年多时间，正无可奈何之际，得了棣州教授的任命，衣食又有了着落，所以"喜而成诗"，但字里行间透露了许多酸苦，更为难得的是诗人的坦诚，把一颗真心和盘托出。为一饱而忍辱，不敢轻掷这一纸任命书；青壮年时代的"抱负"和暮年的潦倒的对比，更增加了无穷感喟。诗贵真，能吐真情则易致深厚，易见肺腑。前边提到的送妻、别子、怀友诸作，尤为平淡中见深挚的佳构。卢文弨说："孟东野但能作苦语耳。后山之诗，于澹泊中醇醇乎有醇味。其境皆真境，其情皆真情，故能引人之情，相与流连往复，而不能自已。"（《抱经堂文集》卷十三）洵为知诗之言。

其次，陈诗在遣词造句上，往往从朴拙中见精工。朴拙，通过选择平直质朴、色泽不显浓鲜的词藻来体现，甚至有意使用俚俗字，带一点粗气；精工，通过对这些词藻的刻意安排，反复锤炼来体现，甚至有时显得太工。如《寄潭州张芸叟二首》之一："湖岭一都会，西南更上游。秋盘堆鸭脚，春味荐猫头。宣室来何暮，蒸池得借留。孰知为郡乐，莫作越乡忧。"如《早起》："邻鸡接响作三鸣，残点连声杀五更。寒气挟霜侵败絮，宾鸿将子度微明。有家无食违高枕，百巧千穷只短檠。翰墨日疏身日远，世间安得尚虚名。"两诗皆有三联对仗；"鸭脚""猫头""有家无食""百巧千穷"皆俗字俚语。此类尚多。或工拙互见，或求工反拙，因此毁誉参半。但陈诗中确实有不少从朴拙见精工，通体老健劲峭的。例如：

> 岁晚身何托，灯前客未空。半生忧患里，一梦有无中。发短愁催白，颜衰酒借红。我歌君起舞，潦倒略相同。（《除夜对酒赠少章》）

　　老境难为节，寒梢未得春。一官兼利害，百虑孰疏亲。积雪无归路，扶行有醉人。望乡仍受岁，回首向松筠。(《元日》)

　　度腊不成雪，迎年遽得春。冰开还旧绿，鱼喜跃修鳞。柳及年年发，愁随日日新。老怀吾自异，不是故违人。(《早春》)

这三首诗和上引两首一样，也是四联中有三联用对仗，力求精工，说明作者极喜琢句。不同的是，这三首的平常言语在精心锤炼之后，已经渣滓尽落、精粹独存。在各种诗体中，陈师道尤致力于五言律，成就也最高。《除夜对酒赠少章》在作法上注意造句的简劲，语言的顿挫，对仗的工整。"发短愁催白，颜衰酒借红"一联，更是在前人经验的基础上刻意提炼的结果（见《王直方诗话》），确实愈出愈工，后来居上。《元日》和《早春》的中二联也是形式精工而内含丰富的佳句。

　　再次，陈师道还有一部分作品，虽经锻炼，却能复归于清新自然，别具特色。如写旅途风光的《河上》和写雪景的《次韵无斁雪后二首》之一：

　　背水连渔屋，横河架石梁。窥巢乌鹊竞，过雨艾蒿光。鸟语催春事，窗明报夕阳。还家慰儿女，归路不应长。(《河上》)

> 闭阁春云薄，开门夜雪深。江梅犹故意，湖雁起归心。草润留余泽，窗明度积阴。殷勤报春信，屋角有来禽。（《次韵无斁雪后二首》之一）

这两首诗的构思和布局相近似，艺术风格都具有明快流丽的特点，都能做到情景相生。前者更注意动、静和声、色的彼此衬托；后者更注意拟人手法的运用，江梅、湖雁、来禽，心态各不相同。这些篇章不炫耀奇崛，不追求瘦硬，其审美趋向和一般人心目中的"江西派"已经距离很远了。

师道不以绝句见长，但偶尔也有写得很精彩的。如《放歌行》之一：

> 春风永巷闭娉婷，长使青楼误得名。不惜卷帘通一顾，怕君着眼未分明。

佳人被黜，使平常女子误得美名；本可以卷帘一顾以示绝色，只怕对方无此眼力，倒不如自甘寂寞。这首诗的寓意在于孤芳自赏；黄庭坚却误解了，评之为"顾影徘徊，炫耀太甚"（见《诗话总龟》）。大概是忽略了"不惜"与"怕君"之间的语气转折。再看《谢赵生惠芍药三绝句》之三："九十风光次第分，天怜独得殿残春。一枝剩欲簪双髻，未有人间第一人。"真是目空一切，四顾无人。两诗可以相互发明。不过，风格确实是秾丽的，宋诗中不多见的，所以宋长白给的评语是："乃知真道学未有不风流者。"（《柳亭诗话》卷十七）

最后，强调学杜而又偏重形式和格律的诗人，难免失误；其中有胸怀眼界和生活经历的问题，也有天赋不足而求之过高的问题。纪昀评陈诗说，"……然师道诗得自苦吟，运思幽僻，猝不易明"，他举出了若干具体诗例，说明"非渊（任渊）——详其本事，今据文读之，有茫不知为何语者"（《后山诗注提要》）。"猝不易明"，正是由于过于求简（刘埙《隐居通议》所谓"正得费长房缩地之法"）、求生（所谓陈言务去），而导致语气不畅，语意不明，支离费解。晦涩，是江西派诗的通病，也是陈师道诗歌艺术总体风貌的一个组成部分。总之，评价陈师道，应该充分肯定他在诗艺探索中的造诣和成就，同时又指出他在探索过程中的失误和缺憾；偏执一端，就不能得出科学的、公正的结论。

在黄庭坚、陈师道之后，韩驹应是江西派中最重要的诗人。晁公武说他"宣和间独以能诗称"（《郡斋读书志》卷十九），绍兴初，汪藻推崇他"承作者百年之师友，为诗文一代之统盟"（吴曾《能改斋漫录》卷十四），都说明韩驹在南北宋之际的诗坛上负有盛名。他早年学苏轼，苏辙称赞他的诗歌"恍然重见储光羲"（《栾城集》后集卷四）。吕本中以之入江西派，周紫芝又认为"子苍之诗极似张文潜，淡泊而有思致，奇丽而不雕刻，未可以一言尽也"（《太仓稊米集》卷六十七《书陵阳集后》）。总的看来，韩驹的诗既学坡也学谷，不拘一格。

七律《夜泊宁陵》颇为诸家诗话所取：

> 汴水日驰三百里，扁舟东下更开帆。旦辞杞国风微
> 北，夜泊宁陵月正南。老树挟霜鸣窣窣，寒花垂露落毵
> 毵。茫然不悟身何处，水色天光共蔚蓝。

它的特点是气势弘畅而不滑，句法工整而不涩。首联起得峭
健，末联却收得蕴藉有味。《诗林广记》后集引《小园解后
录》云："子苍有过汴河诗云'汴水日驰三百里'云云。人有
问诗法于吕居仁，居仁令鉴子苍此诗以为法。"大约是这首诗
体现了吕本中"学诗当识活法""规矩具备而能出于规矩之外"
的主张，同时也说明韩驹并不拘泥于江西诗法。作于知黄州时
的《登赤壁矶》："缓寻碧竹白沙游，更挽藤梢上上头。岂有
危巢尚栖鹘，亦无陈迹但飞鸥。经营二顷将归去，眷恋群山为
少留。百日使君何足道，空余诗句满江楼。"同样工致有味而
不晦涩，风格接近苏轼。他的七绝如：

> 落日同骑款段游，倦依松石弄清流。蓬莱汉殿春分
> 手，一笑相逢太华秋。（《行至华阴呈旧同舍》）

> 君住江滨起画楼，妾居海角送潮头。潮中有妾相思
> 泪，流到楼前更不流。（《十绝为葛亚卿作》之五）

都显得清新活泼。后者尤具民歌宛转圆美之妙。另一方面，

韩驹曾受知于黄庭坚，自己又是一位苦吟诗人，"其诗有磨淬剪裁之功，终身改窜不已，有已写寄人数年，而追取更易一两字者"（刘克庄《后村先生大全集》卷九十五《江西诗派》）。经过这样的锤炼，容易产生接近江西派的诗，如《和李上舍冬日》：

> 北风吹日昼多阴，日暮拥阶黄叶深。倦鹊绕枝翻冻影，飞鸿摩月堕孤音。推愁不去如相觅，与老无期稍见侵。顾藉微官少年事，病来那复一分心。

第二句声律微拗而意境苍茫，为人所推赏。第二联写景极尽精工，正见其磨淬之深，"翻冻影""堕孤音"已近巉刻；第三联炼意又炼句，又有说尽之嫌。从这一类作品里，可以看出黄庭坚的影响。

洪炎与兄洪朋、洪刍是黄庭坚的外甥，亲承教诲，"作诗有外家法律"（吴聿《观林诗话》），均入江西派。洪炎存诗百余首，五七言律居多。纪昀说"炎诗酷似其舅"（《西渡集提要》）；有些作品则显示出一种希望摆脱江西诗风的愿望和努力，如《四月二十三日晚同太冲表之公实野步》："四山矗矗野田田，近是人烟远是村。鸟外疏钟灵隐寺，花边流水武陵源。有逢即画原非笔，所见皆诗本不言。看插秧栽欲忘返，杖藜徙倚至黄昏。"写法是景中见情，颇嫌浅露，"有逢"一联也是工中见拙，诗意不多；但并无江西诗的最常见的习气——奇奥晦涩。《将去宝峰诵老杜更欲投何处赋五言三首》之一："更欲投何处，乾坤老病身。穷愁但有骨，栖泊渺无津。岩穴探幽数，人烟隔几秦。驱车上九折，回首想伤神。"不仅词藻格律是有意学杜的，精神气貌也接近杜甫，能把浑厚深挚的艺术风格和比较深刻的生活实感结合起来。其他的绝句如：

> 见江楼下蜡梅花，香朴金尊醉落霞。独倚东风如梦觉，一枝春色别人家。（《蜡梅》）

> 西江东畔见江楼，江月江风万斛愁。试问海潮应念我，为将双泪到南州。（《绝句》其二）

感情饱满，形象鲜明，可称佳作。前一首更以华美的词藻、斑斓的色彩来烘托蜡梅的艳质，末句语意双关而暗示明确，抒发了内心的强烈的惆怅，显示了作者的个性。

晁冲之，曾慥说他早年受知于陈师道，吕本中说他专学老杜诗。其五言诗颇有佳作。如五律《感梅忆王立之》：

> 王子已仙去，梅花空自新。江山余此物，海岱失斯人。宾客他乡老，园林几度春。城南载酒地，生死一沾巾。

以人与梅相辉映，人是主，梅是宾，布局疏朗而意思深厚，平易中见工稳。吴之振称晁诗"渊渟雅亮，笔有余闲"（《宋诗钞》)，当指这一类作品而言。五绝《与秦少章题汉江远帆五首》《龙兴道中》等短小精练，词意俱佳。在七言歌行中，《夷门行赠秦夷仲》被评为"雄放无前，真洗穷饿酸辛之态"（范大士《历代诗发》卷二十五）。又如《以承晏墨赠僧法一》：

> 我闻江南墨官有诸奚，老超尚不如廷珪。后来承晏复秀出，喧然父子名相齐。百年相传文断碎，仿佛尚见蛟龙背。电光烛天星斗昏，雨痕倒海风云晦。却忆当年清暑殿，黄门侍立才人见。银钩洒落桃花笺，牙床磨试红丝研。同时书画三万轴，大徐小篆徐熙竹。御题四绝海内传，秘府毫芒惜如玉。君不见建隆天子开国初，曹公受诏行扫除。王侯旧物人今得，更写西天贝叶书。

由著名墨工说到古墨的精美绝伦，转而想象当年江南君臣的文采风流和书画盛事，最后收以南唐覆灭，古墨亦如王谢堂前燕子，流失民间，如今可用它来写佛经了。全诗以承晏墨起，以僧法一结，四句一换韵，布局严整，结构匀称，用的又是直叙法；却写得生动活泼，毫不呆滞，有声有色，富于想象，且暗寓兴衰之慨。这说明晁冲之很有才华，也说明江西派的诗，风格也是多样化的，并非一味的奇奥瘦硬，自黄庭坚、陈师道以下，都是如此。

此外，当时影响较大，或现今存诗较多，在艺术上也取得相当成就的江西派诗人还有饶节、洪刍、洪朋、谢逸、谢薖、李彭、徐俯等。他们的成就和特色，在本书所选有关诗作的评说中有所介绍，由于篇幅的关系，这里不再一一叙述了。

邱少华

1991 年 4 月于北京师范学院